JN282770

意地悪く愛してよ

成宮ゆり

16386

角川ルビー文庫

Contents

口絵・本文イラスト／藤河るり

虫の好かない奴《やつ》はどこにだっている。家族や学校、近所の至る所に。

けれどそいつ等とぶつかっても、得るものは何もない。だから極力無視することにした。

暴力事件が原因で高校を退学して、祖母のヌイさんと二人きりで暮らすことになった俺は、新しい高校に編入するときに無駄《むだ》な争いはしないと決めたんだ。

——少なくとも、化野宗介《あだしのそうすけ》を除いては。

「なんで、てめぇがいるんだよ」

店先に置かれている竹と麻紐《あさひも》で作られた長椅子《ながいす》に座る化野を、上から睨《にら》み付ける。俺よりも十センチ以上背が高いので、見下ろせるのはこいつが座っているからだ。

相変わらずキツネみたいな顔をして、商店街に不相応な高そうなグレイのスーツに黒いシャツを来ている。長い足を組んで気取った姿はいつ見ても腹が立つ。存在してるだけでむかつく。

「まぁ、若菜《わかな》。お帰り」

店からお茶菓子《ちゃがし》とお茶を持って出てきたヌイさんは、俺を見ると顔を綻《ほころ》ばせた。茶色の着物に白い割烹着《かっぽうぎ》を着て、いつものように真っ白い髪《かみ》をひっつめている。

「ヌイさん、なんでこいつに茶なんか出してんだよ」

思わず責めるように口にした。

ヌイさんは化野の隣《となり》に座ると「コーヒーの方が良かったかねぇ」と小首を傾《かし》げる。

「そういうことじゃねーよ」

剣呑《けんのん》な口調で言った俺に対して、化野は青磁の湯飲みを手に取り一口飲むと「コーヒーよりもずっと美味《おい》しいですよ。俺はこっちの方が好きですね」とヌイさんに微笑《ほほえ》む。

「だから、そうじゃねーって」

苛々《いらいら》しながら化野を睨み付けるが、二人とも俺の事なんて気にしていない。

それどころか化野は、黄身時雨《きみしぐれ》がかかった美味《うま》そうな生菓子《なまがし》に手を付け始める。

「なんで、地上げ屋なんかもてなしてんだよ！」

思わず怒鳴《どな》りつけると、化野がようやく俺を見た。

目が合うと、無意識に気が張る。その目は優男《やさおとこ》風の顔には不似合いな雰囲気《ふんいき》を纏《まと》わせている。

「善良な不動産屋相手に、言いがかりをつけるなんてひどいな」

ふっと笑うように化野が口にした。胡散臭《うさんくさ》い空気が霧散《むさん》して、自然と俺の緊張《きんちょう》も解ける。

「どこが善良だ」

その言葉を無視して、化野は菓子を食べてヌイさんと話し始めた。

あからさまに相手にされていない。ここで騒《さわ》いでも余計に腹が立つだけなので、ぐっと堪《こら》えて店のドアを乱暴に開けた。引き戸がガラガラと音を立てる。

「若菜、二階の洗濯物《せんたくもの》取り込んでおいてね」

店の中に入るときにヌイさんから頼《たの》まれて、「解《わか》ってる」と返す。

通り土間から家に上がる。玄関《げんかん》から奥の勝手口まで繋《つな》がっている土間の左側は店舗《てんぽ》になっていて、その奥に台所兼《けん》居間がある。右側には風呂場《ふろば》やトイレがあり、物置と二階に上がるための階段があった。

勝手口は住居専用と言えるが、このドアを利用すると商店街に出るために近所を三軒《さんげん》分遠回りしなければならないので、基本的に店が混《こ》んでるとき以外は使っていない。

少し急で板幅《いたはば》の狭《せま》い階段を上ると、右に一部屋、左に二部屋並んでいる。左の二部屋のうちの一部屋が死んだ祖父の部屋で、右の部屋はヌイさんの部屋になっている。残りの部屋が俺の部屋だ。南向きの部屋は日差しが厳しいので、夏はずっとカーテンを閉めている。

「昭和っていうか、レトロっていうか……」

正直にいえばボロい。

六畳《じょう》半の部屋の隅《すみ》に置かれた真新しいパイプベッドに、学校指定の紺色《こんいろ》のスクールバッグを放《ほう》り、臙脂《えんじ》のネクタイと白いワイシャツ、灰色のズボンを脱《ぬ》ぐ。年季の入ったタンスから取り出したシャツと緩《ゆる》めのジーンズに着替《きが》えて部屋を出ると、階段の向かいにある窓を開けた。ガタガタと音を立てる滑《すべ》りの悪い木枠《きわく》の窓を開け、物干《ものほ》し竿《ざお》に吊《つ》るされた洗濯物を取り込む。

自分の物は畳《たた》まずに部屋のベッドの上に置く。ヌイさんの物は洗濯籠《せんたくかご》に入れて、ヌイさんの部屋の入口の前に置く。

財布《さいふ》をジーンズのポケットに入れて居間に行くと、ヌイさんが台所で夕食の支度《したく》をしていた。

「あいつなんだって？」

昨日の残り物を温め直した料理を、掘《ほ》り炬燵《ごたつ》のテーブルに運ぶ。

炬燵《こたつ》と言っても七月だから布団《ふとん》はなく、ヒーター部分がむき出しになっている。

「何ってことはないよ、いつもみたいに世間話しただけだからね」

「また何か持って行ったんじゃねーのかよ？」

「今回は特にはないね。琥珀《こはく》のブローチが気になってたみたいだけど」

「コハク？」

「ほら、若菜がこの間面白《おもしろ》いって言ってただろ？」

そう言われて、ショーケースの中に仕舞《しま》ってあったブローチを思い出す。

虫を含《ふく》んだ丸いやつだ。虫入りだと、価値が上がるのだと聞いたときは驚《おどろ》いた。女は虫が嫌《きら》いだと思っていたから、そんなアクセサリーに人気があるとは信じられなかった。

「若菜の髪の色みたいな赤琥珀だって、宗介さんが言ってたよ」

「馬鹿にしてんのかよ」

髪の毛の色は自分でも失敗だったと後悔《こうかい》している。赤系の茶色になる予定だったが、思った以上にカラーが効き過ぎて、錆《さ》びたような赤い髪になっていた。

陽《ひ》に焼けない体質のせいで白い肌《はだ》が、髪のせいで余計目立つ。

「宗介さんは褒《ほ》めてるんだよ。琥珀に喩《たと》えられるなんて、素敵《すてき》だと思うけどねぇ」

つき合いが長いせいかもしれないが、ヌイさんは基本的に化野の味方だ。

「また盗《と》っていく気かもしれねーぞ。気を付けろよ、ヌイさん」

思わずそう呟《つぶや》くと、ヌイさんは困ったように微笑んで「若菜は宗介さんが嫌いなのかい？」と何度目かの質問をする。

「……だって地上げ屋だろ」

嫌いだとはっきり口にできなかったのは、ヌイさんが寂《さび》しそうな顔をしたからだ。

ヌイさんの大事な話し相手だ。最近まで姿を見せなかった孫《おれ》よりも、親しい存在なのだろう。

「不動産屋さんでしょう。地上げ屋なんて言ったらいけないよ。それに宗介さんはとても頼《たよ》りになるんだよ。もしも困ったら、若菜も宗介さんを頼りなさいね」

絶対に嫌《いや》だ、と口元まで出かかった言葉をご飯で飲み込む。

夕飯には少し早い時間だが、これからバイトなので今のうちに食べておかなきゃならない。

魚の煮《に》つけを食べながら、居間から見える店の中をぐるりと見回す。

ヌイさんが営む暦青堂《れきせいどう》はもともと骨董屋《こっとうや》なので、店のほとんどを骨董品が占《し》めている。けれど隅の方ではヌイさんの趣味《しゅみ》で新品の着物も販売《はんばい》している。

見る限り無くなった物はないようだ。といっても、物が多いのでどれか一つが見当たらなくても、容易には分からないだろう。

「ヌイさんは人が好《い》いから」

溜《た》め息混じりに呟く。ヌイさんは俺の父方の祖母だ。物心付く前に俺の親は離婚《りこん》していて、俺は母親に引き取られた。まだ赤ん坊《ぼう》の頃《ころ》に会ったことがあるらしいが、俺はつい先日高校を退学したのを機に引き取られるまで、ヌイさんの顔も名前も知らなかった。

それが三ヶ月前の話だ。いくら孫とは言え、ほぼ初対面の子供の面倒《めんどう》を見るなんて人が好いにもほどがある。

「そうかい？　ありがとね」

ヌイさんはにこにこ笑うと、俺が入れたお茶に口をつけた。

夕食に並べられた料理を素早く食べ切ってから、俺はバイトに行くために家を出る。

外国人観光客が喜びそうな下町の風情《ふぜい》を残す界隈《かいわい》を抜《ぬ》けて、大通りを駅前へと歩く。総菜屋から漂《ただよ》う揚《あ》げ物の匂《にお》いを嗅《か》ぎながら、地下鉄の入口を降りる。

地下鉄で三駅、駅から徒歩一分。バイト先は雑居ビルの三階から六階までを占めているカラオケ店だ。そこで午後六時から夜中の十二時まで働く。

いつものようにロッカーに入っているバイト着の白いポロシャツに着替え、ネームプレートを青いエプロンに付けてタイムカードを押す。

「お疲《つか》れ様です」

俺の代わりに抜けるパートさんに声を掛《か》けてから、まずは掃除《そうじ》に入る。

バイト内容は簡単だ。掃除、食事の準備、受付、会計。これだけだ。シフトがあまり入っていないので給料は少ない。

居候《いそうろう》の収入としては頼りないので、バイトを一つ増やすべきか思案中だ。

「宮本《みやもと》君、ちょっと」

掃除を終えて客から注文のあったたこ焼きをレンジで温めていると、カウンターから厨房《ちゅうぼう》に入ってきた店長が手招きをする。眉《まゆ》をハの字にした店長を見て、嫌な予感がした。

この顔は面倒な用事を押しつける前触《まえぶ》れだ。

「なんですか？」

「あの、五〇七のお客さんなんだけど、高校生なんだけど、ビール飲ませろって」

俺と同じぐらいの背《せ》丈《たけ》の店長は、おどおどとした様子で口にした。

二十代半ばの店長は頼りなく、少し怖《こわ》い客が来ると俺や他のバイトに仕事を回す。さすがに女に任せることはないが、自分では解決しようとしない。店長どころか接客業にすら向いてないと常々思うが、こういうときに助けておくと後々見返りがある。

店長の薄《うす》くなった頭皮に汗《あせ》が浮《う》いているのを見ながら、電子レンジからたこ焼きを取り出す。

「分かりました」

たこ焼きを注文のあった部屋に届けてから、店長の代わりに問題の部屋に行く。俺と同じ南《みなみ》高《こう》の制服を着た連中が三人ほど、近くの高校の女子二人と騒《さわ》いでいた。

「すみませんけど、未成年にビールは出せないんで。こちらのソフトドリンクのメニューからご注文お願いします。決まったらお伺《うかが》いします」

男達は私服なら未成年に見えない顔立ちをしていた。飲みたいなら制服を脱げばいいのに。

「はぁ？　酒持って来いって言ってんだよ。早くしろよ」

ソファの背に腕《うで》を回して、男が偉《えら》そうに俺を見返す。

「すみませんけど、無理なんで」

面倒だと思いながら言い返す。男がテーブルを蹴《け》りながら俺を睨《にら》み付ける。テーブルに載っていた灰皿がガタガタと音を立てて床《ゆか》に落ちたが、プラスチック製なので特に心配はない。だんだんと険悪になっていく室内の空気に危機感を感じたのか、女の一人が「じゃあ私、カクテルじゃなくてフロートでいいや。ミルクティフロートにする」と注文を変えた。

他の女も別のものを頼む。彼女たちは別に意地でも酒が飲みたかったわけじゃないようだ。けれど、相変わらず男達は俺を睨んだままだ。

「注文決まりました？　決まってないなら後で電話でお願いします」

さっさと部屋を出ようとすると、一番態度がでかい男が立ちあがる。

威嚇《いかく》するように近づいてきた。残念ながら俺より身長は上だが、それは大した問題じゃない。昔から背は高い方じゃないから、見下ろされるのには慣れている。

小さな声で女のうちの一人が言ったが、男は聞こえないふりで俺のことを睨み付けた。

険悪な空気はさらに濃厚《のうこう》になっていく。

「もしかしてそいつ、この間二年のクラスに転入してきたやつじゃね」

それまで一人で熱唱していた男がマイクを手放すと同時に口にする。

俺はクラスメイト以外の顔なんて覚えていないが、向こうは逆だったらしい。恐《おそ》らく目立つ髪《かみ》の色のせいだろう。

「あー…あれだろ、前の学校で同級生五人殺しかけて退学させられたやつ」

前の学校からは離《はな》れているが、噂《うわさ》というのは脚色《きやくしよく》されてどこからともなく広まるものだ。

女達の強張《こわば》った顔が視界の端《はし》に映る。目の前に立っている男はあからさまに眼《め》を泳がせた。

「じゃあ、ミルクティフロート一つと、イチゴミルクフロート一つですね」

ドアに手を掛けると、男が虚勢《きよせい》を張るように舌打ちするのが聞こえたが、再び止められるようなことはなかった。噂も時々役に立つらしい。

フロントに戻《もど》れば、店長は面倒な役を押しつけたお詫《わ》びとばかりに、解凍《かいとう》したばかりのお好み焼きを食べさせてくれた。それで腹を膨《ふく》らせてから、深夜十二時まで仕事をして店を出る。

地下鉄はもう動いていないので、少し足を延《の》ばして繁華街《はんかがい》を通って別の駅に向かう。

その途中《とちゆう》で、ぞろぞろと怪《あや》しい連中を引き連れてビルから出て来る化野を見かけた。

昼間と同じ格好だが、ネクタイはしていない。柄《がら》の悪い連中の中に溶《と》け込んでいる。傍《かたわ》らには派手な女がいて、親しげに胡散臭《うさんくさ》い不動産屋の肩《かた》に寄りかかっていた。

ヌイさんに言わせると化野は「美丈夫《びじょうぶ》」らしい。俺には狡賢《ずるがしこ》いキツネみたいな顔にしか見えないが、女はそういうのが好きなのだろうか。

「どこが善良だよ」

昼間と同じ台詞《せりふ》を吐《は》き出すと、聞こえたわけでもないだろうが、化野がこちらを見た。

視線を逸《そ》らし、足早に駅へと急ぐ。仕事を終えて疲れているときに会いたい相手じゃない。

「こんな時間まで夜遊びか？　感心しないな」

繁華街を通り抜けたところで、背後から聞き慣れた嫌味《いやみ》な声が聞こえる。

こいつの何が嫌《きら》いかと聞かれれば、俺がこうして平和的解決（無視）をしようとしている時に限って、わざわざからかってくるところだ。ヌイさんの前では無視したくせに、自分が暇《ひま》だと近づいてくるんだからタチが悪い。

「遊んでたわけじゃねーよ」

勢いよく振《ふ》り返ると、思った以上に近くにいた。

「付いてくるな」

「こっちに車を停《と》めてある」

化野の言葉にぐっと詰《つ》まる。追いかけてきた、と思ってしまった恥《は》ずかしい勘違《かんちが》いを無かったことにするために「連れがいたんじゃねーのかよ」と話題をすり替《か》える。

「接待に付き合うのも面倒だからな。楽しいふりは意外に疲れるんだ」

接待を受けてそんな台詞を口にする男に呆《あき》れながら足早に歩くが、足はこいつの方が長いので苦もなく追いつかれてしまう。

「ところで、その髪の色だけど」

信号待ちで突然《とつぜん》髪に触《ふ》れられ、その拍子《ひょうし》に指先が耳を掠《かす》める。

「っ」

びくり、と肩を揺《ゆ》らすと化野は「意外と感度が良《い》いんだな」と口にした。

その様子に腹が立って、無遠慮《ぶえんりょ》な手を振り払《はら》う。相変わらずこいつは俺を苛立《いらだ》たせる天才だ。

「気持ち悪い、触《さわ》んなよ!」

「赤銅色《ブロンズ》なんて、はやらないんじゃないか?」

そんなのは解《わか》ってる。俺だってこの髪の色は気に入っていない。

「余計なお世話だ。あんた、ケンカ売ってんの?」

思わず下から睨み上げた。

「売ってるとしたら買うのか?」

化野が俺を見下ろす。これから伸びるとは思うが、今のところ俺の身長は一六四センチだ。

こいつが俺より背が高いということが気に入らない。

「俺が前の学校を退学したのは、何人も病院送りにしたせいだって、あんた知ってる？」

そう言って挑発《ちょうはつ》的に男を見上げる。しかし化野は少しも臆《おく》した様子はない。

「なるほど、それはすごく怖いな」

まるで子供を褒《ほ》めるような生暖かい口調に余計にむかついた。俺はこいつの嫌いなところを恐らく百個以上は迷わずに挙げられる。

「そんなことより、今日は何にも持って行ってねーだろうな」

ヌイさんはないと言ったが、化野を庇《かば》っている可能性もある。

「何もって？」

「惚《とぼ》けんな！」

化野は折を見ては今月の返済がどうとか適当な理由を付けて、店の物を代金も払わずに持っていく。以前、二十万と値札の付いた象牙《ぞうげ》の根付けを「今月分として貰《もら》って行く」と口にして、ポケットに入れて持ち帰ってしまった時は驚《おどろ》いた。

詳《くわ》しい額は教えてくれないが、ヌイさんは化野に借金をしているようだ。そのため化野は数十万の物を毎回利子として持って行くが、領収証を渡《わた》してるところを見たことがないし、ヌイさんに聞いても正確な借金の残額は把握《はあく》していないという。

これでは俺がしっかりしないと、こいつの好きなように店が食い潰《つぶ》されてしまう。

「今日は特にないな。口うるさい子供に邪魔《じゃま》されたし」

「誰《だれ》が口うるさい子供だ」

「驚いた。自覚があったのか」

こいつは俺を苛《いら》つかせるために生まれてきたのだ。もしくは俺の忍耐力《にんたい》を試《ため》すために。

「大体、借金ていくらなんだよ」

「四百万ぐらいだな」

予想していた金額よりも多くて、思わず口籠《くちご》もる。

一体どうしてそんな額の借金をするはめになったのかは知らないが、すぐに返せる程《ほど》ヌイさんの店が流行《はや》っていないのは知っていた。

「俺がヌイさんの店に顔を出すのが嫌《いや》なら、耳揃《そろ》えて若菜が返してくれるのか?」

「っ」

「出来ないよな。まだ高校生じゃ」

図星を指されて拳《こぶし》を握《にぎ》った。

こいつはわざと俺を挑発して、反応を見て楽しんでいる。解っていたが、我慢《がまん》できなかった。

にやにや笑う化野の胸《むな》ぐらを摑《つか》んだときに、突然《とつぜん》見知らぬ男に腕を押さえられる。

「っ」

捻《ひね》られた腕が痛みを訴《うった》えた途端《とたん》、化野が男の手をそれとなく払う。

解放された腕《うで》を退《ひ》きながら見上げると、男は化野の周りにいた柄の悪い連中の一人だった。

「何か問題ですか、化野さん？」

俺に凄《すご》んでみせる男に対して、化野は「別に」と口にする。

「ちょっとじゃれてただけだ。じゃあ気を付けて帰れよ」

前半は男に、後半は俺に言って、化野は小さく微笑《ほほえ》む。

整いすぎて胡散臭いその笑《え》みに向かって、俺は心の中で思いつく限りの罵詈《ばり》雑言《ぞうごん》を並べた。


俺が前の学校を退学したのは、上級生五人を病院送りにしたせいだった。

その日俺は友達だと思っていた奴《やつ》に呼び出されて、柄の悪い連中に真夜中の公園でリンチされた。結果的には俺は携帯《けいたい》を壊《こわ》されて、右腕を骨折して肋骨《ろっこつ》にひびが入った。

もちろんやり返した。三人はどこかしら骨折したし、一人は出血多量で倒《たお》れた。もう一人は歯が折れたらしい。誰かが通報したらしく、俺が滑《すべ》り台の近くで蹲《うずくま》って蹴《け》られていた時に警察が来た。俺は被害者《ひがいしゃ》だった。けれど話はねじ曲げられて、いつの間にか俺が加害者にされた。奴等《やつら》が持ち込んだナイフも俺のものだということになった。俺を呼び出した奴は上級生に有利な証言をして、結局俺は悪者になって学校を退学するはめになった。

そして編入したのが、あまり素行の良くない連中が集まるこの男子高校だ。

「暑い……」

思わずそう呟《つぶや》いて前髪《まえがみ》を掻《か》き上げる。今日は朝から鬱陶《うっとう》しいほど日差しが強い。

屋上の給水塔《とう》の陰《かげ》で小さく欠伸《あくび》をすると、ガチャリと鉄製のドアが開く。

四時限目のチャイムと同時に屋上にやってきたのは、クラスメイトのジロだった。

短い髪《かみ》の毛と、鋭《するど》い目元。それにやたらと高い身長のこの男は強そうに見えないのに、何故《なぜ》か周囲に一目置かれている。

「お疲《つか》れッス〜」

ジロはそう言うと俺の横に座り、錆《さ》びた鉄柵《てっさく》に背中を凭《もた》れ掛《か》ける。

前の学校を退学して、友達も何も信じられなくなっていた俺にとって、現在唯一《ゆいいつ》友達と呼べる存在だが、未《いま》だに何故《なぜ》このおかしな男と仲良くしているのか、自分でもよく解らない。

「お前今登校したのかよ」

棒付きの飴《あめ》を舐《な》めながら新書を開いたジロは「ううん。図書室で本読んでた」と答える。

「買った本を図書室で読むって、なんか利用法間違《まちが》ってる気がするのは俺だけか？」

「図書室の方が落ち着いて読めんじゃん。うるせぇ教師も生徒もいねぇし」

この学校の生徒は本はマンガか雑誌ぐらいしか読まない。俺も含《ふく》めて、教科書だってろくに読まないような連中が、活字ぎっしりの本を読むために図書室を訪《おとず》れることはそうない。

「そんなに面白《おもしろ》いのか？」

そう聞くとジロが表紙を俺に向けた。題名は〝えっちな大人のぬぷぬぷ穴探検〟だ。表紙には幼女と石油採掘《さいくつ》現場のイラストがコミカルに描《えが》かれているが、サブタイトルは〝ドラッカーの未来予測と世界経済〟となっている。名前から内容が推測できない。

「タイトルに負けて買った。経済コーナーにこんなタイトルが紛《まぎ》れてるからつい出来心でな」

友人としては〝ぬぷぬぷ穴探検〟と〝世界経済〟のどちらに惹《ひ》かれたのか気になるところだ。

「制作側の〝気になるだろ？　手に取っちゃえよ〟って声がしたよ。いいか、ミヤ。勝敗を決めるのは購入《こうにゅう》じゃない。有象無象《うぞうむぞう》からこの本を手にした時点で、俺はその闘《たたか》いに負けたんだ」

「お前、毎日闘う必要のない何かと闘ってるよな」

「闘うことが俺の唯一の存在証明なんだよ」

ジロがキメ顔でそう言った。それはバトルマンガにある誰かの台詞《せりふ》かなにかなのか。

「けどえっちはH株のことだったよ。またひとつ俺の掌《てのひら》に悲しみと裏切りの歴史が刻まれたよ」

お前の掌に刻まれてるのは、やたらと生命線の長い手相だろうが。

「そんなことより、なんか良《い》いバイトないか？」

「バイト？　確かカラオケでバイトしてなかったっけ？」

「金が足りないんだよ。今の店、あんまりシフト入れられなくて」

「ふーん、ミヤって何が得意？」

「何がって、特にないけど普通《ふつう》のバイトなら大抵《たいてい》できる」

肉体労働でもいける自信はある。専門的な仕事だって、バイト程度に求められる技術は高が知れてるだろう。勉強は苦手だから、そっち系じゃなければなんでもありだ。

「あー、じゃあ、なんか適当に探しておく。因《ちな》みに死体とか平気？」

「……やっぱ、いい。自分で探す」

そう言って立ちあがる。授業終了《しゅうりょう》まで残り二十分。ラスト数分でも顔を出せば、出席になる。言い訳は「体調不良で保健室に行っていた」だ。その見え透《す》いた嘘《うそ》を追及するほど、教師はやる気に溢《あふ》れてるわけじゃない。

彼らにとって仕事はルーチンワークだ。この学校に赴任《ふにん》して来た事を悔《く》やみつつ、異動でグループ内の別の学校に移れる日まで、日々暴力的な生徒と極力関《かか》わらないように仕事をするだけだ。

「お前も出れば？　出席日数やばいんじゃねーの？」

「大丈夫《だいじょうぶ》、ボク先生たちと仲良しだから」

再び本を読み始めたジロを置いて教室に向かう。

時間割はまだ頭に入っていないから、教壇《きょうだん》に立つ大仁田《おおにた》を見て初めて古文の授業だと知った。

大仁田が窺《うかが》うように俺の顔を見たので用意していた言い訳を口にすると、「そ、そうか。気分はもういいのか？」と聞いてきたが、無言で椅子《いす》に座った。

無視されたことを取り繕《つくろ》うように大仁田はへらっと笑うと、黒板の前で大昔に書かれた誰かの日記を細かく解説する。

俺は教科書すら開かずに、ぼんやりと窓の外を見た。

はっきり言って、古文を学ぶ意味が解らない。しかも日記なんて超《ちょう》個人的な物なら尚更《なおさら》だ。

自分の日記が公衆の面前に晒《さら》されるなんて、俺が作者なら今頃《いまごろ》墓の下で悶絶《もんぜつ》してるだろう。

あと数百年後に、俺の日記もこうして国語の授業で「この〝ぼんやりと〟は形容詞（？）でヤリ活用（？）で〜」とやられるんだろうか。

といっても日記なんか書いてないので、その心配もない。

俺が校庭で怠そうにサッカーしている連中を見ていると、前の席の奴の携帯が鳴り出す。

今更《いまさら》教師は注意しない。一回の授業で四、五回は誰かの携帯が音を立てる。

「何、久し振《ぶ》りじゃん。俺の声でも聞きたくなった？」

にやけた声で、前の席の奴が電話の向こうにそう問いかけた。

高校生の九割以上が手にしているだろう携帯電話だが、俺は持っていない。前の携帯電話を駄目《だめ》にされて以降、新しいのを買う気が起きない。

にやけた声がだんだんと大きくなるのをうるさく感じた。苛々《いらいら》していると、教室のドアが開く。

授業終了のチャイムがなる五分前に、ジロが入ってきた。

ジロは大仁田を見て「まだ授業中か。失敗したな」という顔をして俺の横の席に座る。

俺とジロが仲良くなったきっかけは、単純に席の並びのせいだ。

大仁田はジロの登場に動揺《どうよう》しながら「この未然形は反実仮想で、前にある助動詞と一緒《いっしょ》になって」と今まで以上に解《わか》りにくい解釈《かいしゃく》で、ひらがなの一文を区切っていく。

「ジロ、反実仮想って何？」

不意に疑問に思ってそう口にする。大仁田よりも、ジロに聞いた方が早い。

突然《とつぜん》古文に魅力《みりょく》を感じた訳じゃないが、聞き覚えのないその言葉になんとなく興味を持った。

ジロは口に入れていた飴を取り出し、俺の前に座る男を見ると「もしも、授業中にうぜぇ声で女と電話してる男がいなかったら、俺はこんなにも不機嫌《ふきげん》じゃなかったのに」と口にする。

男はその途端《とたん》にぴたりと口を閉じた。

それからジロは教室の端《はし》の時計にも眼《め》を向けて「仮に授業が五分早く終わっていたら、他《ほか》のクラスよりも先に食堂に行けたんだけどな」と続けて、飴を口の中に戻《もど》す。

つまり事実と反することを仮定する、っていう意味で反実仮想か。日記にその表現は必要か？

俺の前の男がそろそろと携帯電話を切る。その横顔は少し強張《こわば》っていた。

大仁田も口元を引きつらせながら「今日はこの辺りで、止《や》めておこうか。切りがいいし」と教科書を閉じる。

せかせかと教室を出て行こうとしている大仁田に、ジロが視線を向けた。

「大仁田、俺って今のところ全部出席になってる？」

「大丈夫だよ」

大仁田はぎこちなく頷《うなず》く。もしかしたらジロに弱みでも握《にぎ》られているのかもしれない。

「ありがとにゃん」

ジロは巫山戯《ふざけ》たように言って口の中に再び飴を入れた。

少し早い昼休みになって、俺はジロと二人で食堂に向かう。そこそこ混《こ》んでいたが、奥の方が空《す》いている。トレイを持って近づくと、空いていたわけが解った。派手な三年の一団が座っていたからだ。けれど遠慮《えんりょ》する理由もないので、ジロと共に一番端の椅子に座る。

二人で下らない話をしながら飯を食べていると、横の連中に一人男が加わった。派手な金髪《きんぱつ》と原色のＴシャツに制服のズボンを合わせている。指定のワイシャツもネクタイもない。目が合うと睨《にら》まれた。

「二年が堂々と俺等の席に座ってんじゃねぇよ」

その言葉に周囲の連中は引きつった笑《え》みを浮《う》かべる。転入してきてからなんとなく感じていたが、彼らの中ではジロはあまり怒《おこ》らせたくない相手らしい。

「黙《だま》れよ」

ジロは至極鬱陶《しごくうっとう》しそうに言った。特に怯《おび》えた様子も、怒っている様子もない。

「何だと？」

そいつがガタリと音を立てて立ちあがる。周りにいた生徒が息を呑《の》むのが分かった。

だけどジロは平然とした顔で、学食で人気のカレー豚丼《ぶたどん》を食べている。

「卑怯《ひきよう》者と陰《かげ》でこそこそ嗅《か》ぎ回る変態なんて、いい組み合わせだよなぁ」

そいつが俺とジロに向かって嘲《あざけ》るように言った。

カッとして思わず立ちあがると、ジロが俺の肩《かた》を叩《たた》く。「落ち着け」という意味合いのそれに、無意識に握りしめた拳《こぶし》を開いた。

「良いよ。どいてやる。ここ男臭《おとこくさ》いしな」

ジロがそう言って、トレイを持って立ちあがった。

「行こうぜ。ミヤ」

ここで意地になって食べても仕方がないから、立ちあがってジロの後を付いていく。やられっぱなしになるのは嫌《いや》だった。悪くもないのに逃《に》げるように立ちあがることに抵抗《ていこう》を覚えたが、ここで揉《も》め事は起こせない。ヌイさんに迷惑《めいわく》を掛《か》けたくない。

それでも負けん気が強いせいで、悔《くや》しさから歯を食いしばる。

不意にジロが振《ふ》り返って、肩越《かたご》しにそいつを見た。

「お前さ、あんまり調子にのってると全部ばらすけど、いいの？」

その途端、そいつの顔が青くなる。ジロはその顔を見て満足そうに、にやりと笑った。

「ばらすって何を？」

「色々。俺みたいなか弱い生徒が生き残るのには、他人の秘密が必要なんだよ」

「か弱いって言葉の意味を、履《は》き違《ちが》えてないか？」

二人で食堂を出て、トレイを持ったまま外のベンチで飯を食べる。

「そんなに情報通なら、俺が退学した噂《うわさ》も聞いてるんだろ？」

「まあね。上級生を卑怯な手口で呼び出して襲《おそ》ったとか、背後からナイフで斬《き》り付けたとか、あとはまぁ、色々」

「何で一回も訊《き》かないんだよ」

今まで散々一緒《いっしょ》にいて、その噂の真相を確かめる機会ならいくらでもあったはずだ。

卑怯者、と烙印《らくいん》を押された奴《やつ》と一緒にいる気持ちが解らない。純粋《じゅんすい》にそう思って問いかけると、ジロは「なんで？」と逆に聞き返してくる。

「お前＝《イコール》卑怯じゃない。すなわち、噂は間違ってる。ので、本人に確認《かくにん》する必要なし」

ジロは呆気《あっけ》なくそう言って、デザートに買ってきたヨーグルトを口に運ぶ。知り合って数ヶ月の癖《くせ》に、あっさりと肯定《こうてい》してくれたのが嬉《うれ》しくて、思わず俺の分のプリンをジロにやった。

そうだ。誰《だれ》も俺を信じてくれなかったわけじゃない。

少なくともジロとヌイさんは信じてくれた。そう思うと、少しだけ気持ちが軽くなった。

家に帰ると、明らかに柄《がら》の悪い男が二人、店の前に立っていた。

先日、化野と一緒にいた男達と同じような種類の人間だ。

「あの、何か用ですか？」

客には見えないが、一応敬語で声を掛けると、タバコを吸っていた方が振り返る。

「お前、ここの人間か？」

そう聞かれて頷く。若い方が値踏《ねぶ》みするように俺を下から上まで見る。

「へぇ、お前が孫か。じゃあ、ばあさんの借金はお前に返してもらえばいいのか？」

「借金？」

化野にしている借金のことだろうか。それなら化野が勝手に店から盗《と》っていく品物で充分《じゅうぶん》なはずだ。

眉《まゆ》を寄せると、タバコをくわえた男が指を二本立てて「二百万」と口にした。

それを見て、傍《かたわ》らの男が「兄貴、それじゃ二百万ですよ」とこっそり忠告する。

男は何事もなかったように紫煙《しえん》を深く吐《は》き出してから、素直《すなお》に指を追加して三本にする。

「お前のばあさんには三百万の借金があるんだ。さっさと返せ」

「なんなんだよ、いきなり」

化野は四百万と言っていたが、それは嘘《うそ》で実は三百万だったんだろうか。

百万も盛ってくるなんて、やっぱりあいつは最悪だ。

「確かにいきなりだよな。でもこの間回収代行を任されたばっかりなんだよ。まぁ、今日はとりあえず、ご挨拶《あいさつ》って事でな」

兄貴と呼ばれた方が、俺の頭の上にポンと手を置いた。

それを振り払《はら》って「触《さわ》るな」と口にすると、男の目が細められる。

「ばあさんに借金背負わせて学生生活なんて、良《い》い御身分《ごみぶん》だな」

そんな風に吐き捨てると、男達は帰っていく。

俺は連中がヌイさんに何かしたんじゃないかと心配になって、慌《あわ》てて店に入る。

店の中は特に荒《あ》らされているわけでもなく、いつも通りだった。けれど店の隅《すみ》でいつもは明るいヌイさんが、俯《うつむ》きながら着物を眺《なが》めている。

「ヌイさん、今の」

そう訊《たず》ねると、ヌイさんが顔を上げてぎこちなく微笑《ほほえ》んだ。

「ああ、おかえり、若菜」

「……借金取りだよな？　なんか嫌《いや》なこと言われたりしなかったか？」

「そうでもないよ。でもちょっと忘れていた借金のことでね。それで……わざわざ来てくれたんだよ」

溜《た》め息を吐いてヌイさんは着物を撫《な》でた。

初めて見る着物だった。女物か男物かは知らないが、青色の綺麗《きれい》な着物だ。一口に青と言っても、淡《あわ》い色から濃《こ》い色まで、色々な青が使われている。

「それ、綺麗だな」

着物なんかに興味はないが、思わずそう言うとヌイさんは少しだけ嬉しそうに笑った。

「〝一青百藍小袖《いっせいびゃくらんこそで》〟というんだよ。私の、思い出の着物だよ」

ヌイさんはそう言うと、着物の一部を指した。

「ここは紺藍《こんあい》、こっちは碧藍《みどりあい》、濃藍《こあい》、白藍、青藍、琉球藍《りゅうきゅうあい》……それから」

ヌイさんは着物の上にある一つ一つの色の名前をあげる。

「ほら、綺麗だろ。ここの青はヒ素を使わないと出ないんだよ。それからこっちは尿《にょう》で染めてるんだよ。面白《おもしろ》いだろ？」

ヌイさんは愛《いと》しそうな手つきで着物を撫でた。

「これを売れば、なんとかこのお店を畳《たた》まずとも済むんだけどね」

「……思い出の着物なんだろ？」

着物を眺めるヌイさんの目は、とても寂《さび》しそうだった。

「でも、耕造《こうぞう》さんのお店を潰《つぶ》すわけにはいかないからね」

耕造さんというのは、今は亡《な》きヌイさんの夫であり、俺の祖父に当たる人物だ。

「俺がなんとかする」

「いいんだよ。どうせ、あの子にも全部処分して店を畳めって言われてたしね。これ以上宗介さんにも迷惑は掛けられないし」

ヌイさんの言うあの子とは俺の父親だ。確かにあいつならそう切り捨てるだろう。

あいつにとっては思い出なんてなんの価値もない。

引っ越《こ》しの日、父親が捨てた母親の物が眼《め》に焼き付いている。確かに全部は持っていけない。それでも、無惨《むざん》にゴミとして捨てられる服や化粧品《けしょうひん》、毎日使っていた黒ずんだフライパンを見て悲しくなった。形見は写真と、母親が持っていた安物のアクセサリーだけだ。

メッキの指輪と、ビーズでできたネックレス。持ってきたのに、未《いま》だに段ボールに仕舞《しま》ったまま開けられない。こんなオモチャみたいな物じゃなくて、本物をいつか自分が贈《おく》りたかったなんて、今じゃもう叶《かな》わないことを時々思う。

「売っちゃ駄目《だめ》だ。そういうのは……手放しちゃ駄目だ。俺が、化野に話をつけてくる」

「若菜」

引き留めるヌイさんの声も聞かずに、家を飛び出した。

腹の中は憤《いきどお》りで溢《あふ》れていた。化野は借金だと言って店から品物を勝手に持っていくくせに、その裏でヤクザを使ってヌイさんを脅《おど》して、二重に金をせしめているなんて許せない。

ヌイさんが年寄りだから何も解らないと思って、ひどい手口で金を集めているのだ。

腹が立って、駅前にある化野の会社を訪《おとず》れた。寂れた不動産会社はちょうど閉められるところで、疲《つか》れた様子の社員が外に出されたノボリを片付けていた。

「あれ、暦青堂さんの」

「化野は？」

俺がそう聞くと「社長ならいないよ。今頃《いまごろ》は雁本《かりもと》組の社長さんと琴北町《ことぎたまち》にあるどこかのクラブで飲んでるんじゃないかな」と口にしたので、そのまま駅へと急いだ。

「会うなら、あんまり飲み過ぎないようにって言っておいてよ」

その声には振《ふ》り返らなかった。駅で切符《きっぷ》を買って、苛立《いらだ》ちながら飲み屋が集まる界隈《かいわい》に向かった。駅の東口を出ればそこは飲食店がずらりと軒《のき》を連ねている。もう少し奥に行けば怪《あや》しい店が建ち並ぶ。

勢いだけで来てみたが、化野が見つかるわけがなかった。どこの店にいるかも知らない。人混《ひとご》みに眼を向けるが、飛び込んでくるのは関係ない奴等《やつら》ばかりだ。

「もう一軒《いっけん》？　いやいや、その前にちょっと休憩《きゅうけい》しようよ。ホテルで少し休みたいなぁ」

赤い顔のサラリーマンが、派手な女に支えられ欲望《よくぼう》丸出しの顔で歩いていた。俺と肩《かた》がぶつかって一瞬剣呑《いっしゅんけんのん》な顔で振り返るが、睨《にら》み返すと何事も無かったかのように通り過ぎていく。

湿《しめ》り気を帯びた空気の中、歓楽《かんらく》街を端《はし》から端まで歩いた。

当然ながら、化野は見つからなかった。クラブを一軒《いっけん》一軒シラミ潰しに捜《さが》すことも考えたが、見つける前に夜が明けそうだ。

繁華《はんか》街《がい》の端はネオンもまばらだ。住宅街に近くなり、遊具のほとんどない公園を見つけた。

虫の死骸《しがい》で汚《きたな》く見える自動販売機《じどうはんばいき》に近づいて、ジュースを買う。公園の入口の車止めに座って、冷えたそれを一気に半分ほど飲み干す。

「何してるんだ、俺」

化野に会って、ヤクザなんか送り込みやがってと怒鳴《どな》りつけて殴《なぐ》りつけて、それから借金をなしにしろって胸《むな》ぐら摑《つか》んで。そんな風に考えていた自分の頭を冷やす。

それで事態が好転するわけもない。

文句は言ってやりたいが、殴りつけても胸ぐら摑んでも借金はなくならないだろう。

空になったジュースの缶《かん》をゴミ箱に投げる。狙《ねら》いが外れて、缶は近くの茂《しげ》みに消えた。

「明日、ジロにバイトの話でもするか」

死体が絡《から》むバイトがなんなのかよく解らないけど、金が良《い》いなら引き受けても良い。

とりあえず金を稼《かせ》ぐしかない。ヌイさんにあの着物を手放させちゃいけない。あんな顔をさせたくない。そのためになら、化野に頭を下げてもいい。

「あの男になんか頼《たよ》りたくないしな」

父親に頼《たの》むぐらいなら死んだ方がました。あいつは大物政治家の秘書だと威張《いば》っていても、所詮《しょせん》は一人の女も幸せに出来ない小さな男だ。挙げ句、自分の子供を年老いた母親に押しつけた。俺の学費と生活費は出しているらしいが、それ以外の援助《えんじょ》はしていない。

店を畳めば援助すると言った父親に、ヌイさんがそれを断ったからだ。年金だけじゃ、ヌイさんの生活費と店の維持費《いじ》に借金までは賄《まかな》えない。こうなるまで気付かなかった。

金が欲しい。ヌイさんに悲しい顔をさせなくてすむ額の金。化野を追い返せるだけの金。

そう思った時に「お金が欲しいの？」と声を掛《か》けられた。

顔を上げると、いつの間にか自販機のところに男が立っている。

何故《なぜ》解ったのかと視線で問えば、「声に出してたよ」と笑いながら返された。

草臥《くたび》れたスーツ姿のそいつは、買ったばかりの栄養ドリンクをそのままごくごくと飲み干す。

三十代後半か四十代前半ぐらいの風貌《ふうぼう》だ。曲がったネクタイが、だらしなく首から垂れている。

男の目は明らかに酔《よ》って濁《にご》っていた。絡まれたら面倒《めんどう》だ。

無視すると、男はわざわざ俺の近くまで来て「いくらぐらい欲しいの？」と聞いてきた。

鬱陶《うっとう》しくなって舌打ちする。

「あんた俺に金くれんの？　じゃなきゃ消えろ」

男は俺の不機嫌《ふきげん》なんてものともしない。俺が睨めば、大抵《たいてい》の連中は眼を合わせようともしないが、酔って気が大きくなっているのか男は横の車止めに腰《こし》を掛ける。

「いくらいるの？」

「四百万」

「大金だな」

男が笑う。笑いながら胸元から潰れたタバコの箱を取り出して、くわえたタバコにレストランとかで配っている紙のマッチで火を点《つ》けた。

「お金欲《ほ》しいなら、買ってあげよっか？」

はぁー、と煙《けむり》を吐《は》き出した男の台詞に耳を疑う。

言葉の意味が解りかねて視線を向けるが、男の目は俺ではなく側溝《そっこう》に向けられていた。コンクリの蓋《ふた》の隙間《すきま》から、青々とした雑草が伸《の》びていた。

じめっとした夏の空気が肌《はだ》にまとわりついて、生々しいそれが途端《とたん》に気持ち悪くなる。

「どういう意味だよ」

問い返すと、男がくすりと笑った。

「援助交際してあげよっか、って意味」

援助交際、つまり売りってことか。男相手に男が体を売るなんて、斜《なな》め後ろからの発想に付いていけなくて、間抜《まぬ》けにも口をぽかんと開けて男を見やる。

「君みたいな生意気そうな子、好みなんだよ」

自分が男の欲望の対象になるなんて考えたこともなかった。

好みだと言われても、悪い冗談《じょうだん》にしか思えない。それに、男は普通《ふつう》に見えた。草臥れて、疲れているように見えるけど、どこにでもいる変哲《へんてつ》のない男だ。

だけど案外、変態っていうのはそういうものなのかも知れない。

ぶわっと鳥肌《とりはだ》が立って反射的に立ちあがると、男が「十万ぐらいでいいかな」と言った。

振り返ると、男は財布《さいふ》を取りだしていた。

「今二万しかないけど、終わったらコンビニかどっかで下ろすよ」

その二万をぶんどって逃《に》げたい衝動《しょうどう》に駆《か》られたが、まだそこまでは落ちぶれてない。

「気持ち悪《わり》ぃ、ふざけんな」

男に体を触《さわ》られるなんてぞっとした。けれど、十枚の万札が脳裏《のうり》で点滅《てんめつ》する。

カラオケ店の給料、二ヶ月分だ。それが一晩、数時間で稼げる。心が揺《ゆ》れないわけがない。

俺にはとにかく金が必要だ。父親に頭を下げるのと、見知らぬ男とやるのはどっちがましか。

一回十万。四十回で四百万。一日一回寝《ね》れば、四十日で借金は返済できる。

単純な計算で弾《はじ》き出された額に、立ち去ろうとした足が止まった。

「どうする？」

どっちでもいい、というような声にからかわれているのかと男をじっと見る。

俯《うつむ》き加減でタバコをくわえる男は、上目遣《うわめづか》いに俺を見返す。冗談ではないと、やけにギラギラしている眼に教えられる。

「……………どこでやるんだよ」

「あのホテルでいいんじゃない？」

男はぐるりと辺りを見回して、近くにあったホテルの看板を指さした。

それ目的のホテルだと解るのは、看板の横に「ご休憩五千円から」と書かれた文字と、ピンク色のライトのせいだ。現実味のない提案が、急にリアルになった気がした。

「……何回？」

男は小さく笑った。俺の質問を的はずれに感じたのかもしれない。

「二時間ぐらいかな。明日も仕事だし、とりあえず二回ぐらいさせてくれたらいいよ」

自分で回数を聞いておきながら、二回というのが何の回数なのか解らない。

射精した回数か。それとも、出し入れする回数なのか。射精だとしたら、どっちの？

「ねぇ、どうするの？」

吸い終わったタバコがアスファルトに落とされる。それを合図みたいに、男が立ちあがった。

俺より少し背が高い。近づかれて、びくっと震《ふる》えた。

自分のその反応が恥《は》ずかしくなり、挽回《ばんかい》するように強く睨み付ける。

「してもいいけど、入れんのはなしだ」

男は肩を竦《すく》めて、俺の体をじろじろ見る。股間《こかん》に向けられた視線に嫌《いや》な気分になった。

「まぁ、いいよ、それでも。現役《げんえき》高校生が相手だもんな」

何で俺が高校生だって知ってるんだ、その疑問を口に出す前に自分が制服を着ていることを思い出した。この制服のお陰《かげ》で、俺の学校を知られたかもしれない。

誰《だれ》か知り合いでもいて、今夜のこの取引をばらされたら……。

一瞬《いっしゅん》頭に浮《う》かんだ疑念をうち消す。この取引は男だって率先《そっせん》して口にしたいはずはない。

「じゃ、気が変わらない内に行こうか」

男が俺の手を摑む。反射的にそれを振《ふ》り払《はら》う。

男は文句を言わなかった。ちらっと俺を見て、ホテルの方に歩き出す。

途端に逃げ出したい気分になる。背を向けて、駅に向かって走って、そんなふうに考えていた時に、男が振り返って俺の考えを見破ったように笑った。

「やっぱり怖《こわ》いの？」

馬鹿《ばか》にする笑い方だった。化野のことを思い出す。高校生だから何も出来ないといった化野。

そんな男の前に金を叩《たた》き付ける様を想像し、足を前に進める。

男はホテルの入口に立って、看板に書かれた料金案内を見ていた。中の蛍光灯《けいこうとう》が切れかかってるのか、点滅して見にくい。

「今の時間はやっぱり、泊《と》まりの料金だなぁ」

「……話が違《ちが》う」

それを理由に逃げようとした途端、男が俺の手首を摑んだ。

「別に、料金は泊《と》まりでも部屋に朝まで居なきゃならないわけじゃない。俺は泊まるけど、君は先に帰ったらいい」

男がぐいっと腕《うで》を引っ張る。抗《あらが》えないほどじゃないが、強い力だった。

「それとも、怖《お》じ気づいたのか？」

その言葉にぐっと唇《くちびる》を噛《か》む。

「そんなんじゃねーよ」

数時間体を好きに弄《いじ》らせれば二ヶ月分のバイト代を貰《もら》える。

入れないんだから、相手が女でも男でも同じだ。気持ち悪いからキスはさせずに、手で触らせるだけにすればいい。それで十万だ。十万。二ヶ月分。たった二時間だ。

自分に言い含《ふく》めるように何度も金額を頭の中で呟《つぶや》いて、男に手を引かれてホテルの門をくぐる。自動ドアが開いたところで、突然《とつぜん》ぐいっと襟首《えりくび》を摑《つか》まれた。

まるで犬か猫《ねこ》のように、そのまま後ろに軽々と引っ張られる。

「わっ」

男の手が離《はな》れ、俺の背中に誰かがぶつかった。

俺の背後を見て、固まった男の表情にもしかして警察かと慌《あわ》てる。

こんなことでヌイさんが呼び出されたり、学校に連絡《れんらく》が行ったら死ぬしかない。

ヌイさんにばれたら泣かれた上に着物を売ると言い出すに決まっている。

どっと汗《あせ》が出た。振り返らないまま逃げようとすると、今度は腰から腹に手が回り、がっちりと体を捕まえられる。

「は、放せっ」

そう言うと「ずいぶんと、面白《おもしろ》い組み合わせだな」と背後から聞き慣れた声が聞こえる。

ぎょっとして見上げると、そこにはさっきまで捜《さが》していた顔があった。

「あ、だしの……っ」

警官の方がずっとましだった。

まさか化野にこんなところを見られるとは思わなかった。じっとりと体の表面に浮いた汗が、急激に冷える。ジェットコースターで頂上から一気に下に降りる時みたいに、胃の奥が凍《こご》えた。

化野が無言で男を見つめる。すると、途端に男は余裕《よゆう》を無くしたように真っ赤になって「その子が誘惑《ゆうわく》してきたんだ」と誰も聞いていないのに言い訳を始めた。

「金がないからって、その子が誘《さそ》ったんだ！」

逃げようとする男の肩《かた》を化野は摑んで、その耳元で「二度とこいつに手を出すなよ」と普段《ふだん》とは違う低い声で言うと、打って変わって優《やさ》しげな手つきでポンと肩を叩く。

そのギャップが怖かったのか、男は慌てて逃げ去る。

俺もそのまま居なくなろうとしたら、がしっと二の腕の辺りを摑まれた。

「今の状況《じょうきょう》に至った経緯《けいい》と、あの男が言ってたことを説明してみろ」

「べ、別にあんたには関係ねーだろ！」

金が欲しくて男とやろうとしたなんて言えるわけがない。死んでもそれだけは嫌だ。

「二回り近く年の離れた男とホテルに入ろうとしてたって、ヌイさんに言っていいんだな？」

「っ」

「どうなんだ？」

普段はにたにた笑っている顔が、鋭《するど》く冷えていた。らしくない化野に気圧《けお》される。

「……話せばいいんだろ、クソっ」

話をする、と言って化野が俺を連れて行ったのはコインパーキングだった。そこで化野は自分の車に俺を乗せると、家のある方向へ走らせた。

飲酒運転だ、と指摘《してき》したが「今日は飲んでない」と素っ気なく答えられる。

俺は男とのやりとりを簡単に話す。しかしところどころで化野の鋭い質問が入り、結局詳細《しょうさい》に語るはめになった。

全《すべ》てを語り終わった頃《ころ》、化野は馬鹿にするように俺を見る。

「さっきの男が本当にお前に十万も払うと思ったのか？」

「どういう意味だよ」

「一回のセックスで十万。その体にそんな価値があるのか？」

化野の言葉にかあっと頭の奥が熱くなる。自惚《うぬぼ》れてると言われたような気がした。

改めて男の言葉を考える。手元に二万しかない。終わったらコンビニで下ろす。ラブホからは別々に帰る。

冷静に考えれば確かに矛盾《むじゅん》していた。男のへらへらした態度だって、俺を食うための罠《わな》だったのかもしれない。ホテルに入って、入れんのなしで済んだのかどうかだって怪《あや》しい話だ。

「馬鹿だと思っていたけど、ここまでとはな」

化野の言葉に腹が立って、ぎゅっと拳《こぶし》を握《にぎ》りしめる。

「体で金稼《かせ》いで、何が悪いんだよ」

それしかないんだから、仕方ないじゃないか。

「別に悪いなんて言ってない。ただ、お前は馬鹿だって言ってるんだよ」

「なんであんたにそんなこと言われなきゃならないんだよ！」

そう言い切ると、ぐいっと化野にネクタイを引かれた。

前のめりになると、キスが出来そうなぐらいに化野の顔が近づく。

近づいて知った。ヌイさんの言うとおり、化野の顔は整っている。まるで作り物みたいだ。

甘い顔立ちは柔《やわ》らかく、性格を裏切るような優しげな目元をしている。

「助けてやったのにその言い方はないんじゃないか？」

「誰も、助けてなんて……」

「だったら、他《ほか》の男を紹介《しょうかい》してやろうか？　体で金を稼ぎたいんだろ？」

聞いたことのないような低い声に、びくりと背中が震えた。

怯《ひる》んでしまったのが悔《くや》しくて、虚勢《きょせい》を張って睨《にら》み付ける。

「あんたに出来るわけ？　一晩十万出すような奴《やつ》見つけられるわけねーじゃん」

路地裏の交差点で、見つめ合ったまま化野は車を出そうとはしない。信号はとっくに青になっているけど、幸いにも対向車も後続も一台も通らなかった。

静まりかえった夜の街中、俺はじっと化野の言葉を待つ。

完全に俺の方が分が悪いのは解っていた。それでも「助けてくれて助かった。このことはヌイさんには絶対に言わないでくれ」とは言えない。俺にだってプライドがある。

俺が男なんかに体を売る元凶《げんきょう》となった化野に、そんな台詞《せりふ》は口が裂《さ》けても言いたくない。

「なぁ、できんのかよ？　金ヅル逃《のが》したのはお前なんだから、代わりはお前が連れて来いよ。できねぇなら今すぐここで降ろせよ」

ここならヌイさんの家まで、歩いて二十分程度だ。

心配してるだろうな、と今更《いまさら》不安になる。

「連れてきたらそいつと寝《ね》るのか？」

「十万くれるなら」

そう言って笑って見せた。挑発《ちょうはつ》的に唇も舐《な》める。

「どうせ初めてじゃないしな」

唾液《だえき》で下唇を湿《しめ》らせたあとに、やりすぎたかと思ったが特に化野の表情に変化はない。

ここで童貞《どうてい》だと見破られたら、本気で死にたくなる。

「相手が誰《だれ》であってもか？」

本気を試《ため》すような言葉に頷《うなず》く。

「しつけーな。やるって言ってるだろ。禿《は》げたデブ親父《おやじ》でも、脂《あぶら》ぎった変態野郎《やろう》でも、金さえ払《はら》えば文句は言わねーよ」

化野にそんな知り合いが居ませんようにと、願いながら口にした。

「解った」

そう言って化野はアクセルを踏《ふ》む。信号は何回目かの青色を表示していた。

「……どこに行くんだよ？」

「お前の家だ」

「……」

それは俺の勝ちってことでいいんだろうか。

化野には俺の体に十万を出す知り合いはいない。だから負けを認めて俺を家に送る。

そういうことか？　でも俺を油断させておいて、ヌイさんに言いつけるかもしれない。

俺が助手席で一人悶々《もんもん》と考えてるうちに、車は家の裏手に停《と》まる。

さっそくドアノブに手を掛《か》けるが、ロックされたままだ。化野を振《ふ》り返ると、運転席からこちらを見ている。青白い街灯が、車の中に差し込んでくる。

「な、んだよ」

日本映画に出てくる幽霊《ゆうれい》と雰囲気《ふんいき》が似てる。うらぶれた墓場とか、雑木林とか、そういう空間にやけに綺麗《きれい》で整った美女が立っていると、何故《なぜ》か背中がざわざわするあの感覚に囚《とら》われる。

男の癖《くせ》にやけに滑《なめ》らかな肌《はだ》が、青い光を反射してほの暗く光っているような気がした。

声から脅《おび》えを感じ取ったのか、化野はふっと口元に笑《え》みを載《の》せる。

途端《とたん》に幽霊の雰囲気はなくなり、いつもの憎《にく》らしい男の顔が戻《もど》ってきた。

「明日、七時に迎《むか》えに来る」

「え？」

「心の準備が必要だろ？　七時にここに来るからちゃんと用意して待ってろよ」

その言葉に思わず固まった。

カチリとドアのロックが解除される。

「怖《こわ》くなったら、五時までに俺の会社に電話しろ。キャンセルしてやるから」

悪人のような笑みを浮《う》かべた化野に、ぞっとした。

俺は返事もせずに逃《に》げるようにドアから飛び出して、勝手口から家に入った。

「まぁ、若菜」

ずっと俺の帰りを待っていたらしいヌイさんが、慌《あわ》てて飛んでくる。

「もう、宗介さんにも捜《さが》して貰《もら》っていたんだから」

ヌイさんがおろおろと俺を見た。

「化野に？」

「話をつけるって言って飛び出したきり帰ってこないから心配してたんだよ。そしたらちょうど会った、宗介さんの会社の人が若菜は琴北町に向かったと思うって言うからもう、心配で心配で。あの辺りは高校生が行くような場所じゃないんだよ」

まるで小さい子供に対する口調だった。黙《だま》り込んだ俺を見て、ヌイさんは表情を曇《くも》らせる。

「まさか危ない目にあったりしてないわね……？」

困ったような声に首を振る。

「そう、若菜……あのね」

何か言いかけたヌイさんの言葉を遮《さえぎ》って、「俺、もう寝る」と言って階段を上がる。

最初のシナリオは、化野を見つける↓ヤクザのことを詰《なじ》る↓殴る↓借金のことを交渉《こうしょう》する、だった。それがいつの間にか、まったく違《ちが》うものになっていた。

化野を捜す↓見知らぬオッサンと取引する↓ホテル前で化野に見つかる↓明日、化野の知り合いのオッサンに買われる。予想外、そして最悪の展開だ。

「どこで間違った」

部屋に入ってから、ネクタイを解いてベッドにダイヴする。

明日朝起きたら全部夢になってたらいいな、とあり得そうにない妄想《もうそう》をした。

今日もよく晴れている。晴れ渡《わた》った空は青くて、白い雲がぽかりと二、三個浮いてる。

「そういえば……雲の数え方って、個でいいのか？」

そんな関係ないことを考えることで、現実から目を逸《そ》らそうとしていると、いつものように屋上のドアが開く。やってきたのはジロだった。また棒付きの飴《あめ》をくわえながら、ぶらぶらとこちらに歩いてくる。

「今日も暑いね。こんな日に若菜をみると余計暑くなるな」

「悪かったな」

髪《かみ》を掻き上げながら口にした。日に当たっていたせいで、そこは本当に燃えるように熱くなっていた。屋上は開放感があっていいが、屋根がないのが玉に瑕《きず》だ。

「悪くないよ。赤って綺麗だし。すげー情熱的でちょっと鬱陶《うっとう》しいだけ」

ジロが口から飴を取り出し、赤いそれを太陽にすかして見せる。

なんで濡《ぬ》れてるのかさえ考えなければ、ビー玉みたいにきらきら光って綺麗だ。

「牛かよ」

「因《ちな》みに牛って別に赤色で興奮してるわけじゃないって知ってた？」

「どうでもいい」

「だよな」

ジロは肩《かた》を竦《すく》めてポケットから本を取り出す。タイトルは〝実践《じっせん》！　メスメリズム〟だ。相変わらず変な本ばかり読んでいる。メスメリズムって一体なんなんだ？

本に目を落とすジロをじっと見つめていると「なんかあった？」と声を掛けられる。

俺はまだ何も言ってないのに、気配で悩《なや》みがあると察したらしい。相変わらず聡《さと》い奴《やつ》だ。

俺は「お前さぁ」と切り出し掛けて、口を閉じる。それから充分《じゅうぶん》に考えて、再び口を開く。

「……年増《としま》のおばさんに十万で買うって言われたらどうする？」

年増のおじさんの件については触《ふ》れないでおく。

化野がもしすげー良《い》い奴なら、美人のお姉さんの可能性もあるが、それは道ばたでダイアモンドを拾うのと同じ確率だろう。つまりほぼゼロってことだ。

さっきは遠くの方にあったはずの雲の塊《かたまり》が、俺の頭上を通過していく。風なんて少しも感じないけど、上の方は強い風が吹《ふ》いてるのかもしれない。

「売りッスか」

ジロは俺と同じ雲を見上げる。雲にしては動きが速い。もしかしたら中にＵＦＯ的なものが隠《かく》れているのかもしれない。だとしたら早く地球を支配して、何もかも終わらせてくれ。

「俺が金貸すよ」

空を見上げたままジロが言った。

「別に、お前にたかるつもりで言ったわけじゃない」

俺は金を強請《ねだ》ったわけじゃない。ジロならどうするか聞きたかっただけだ。

化野に指定されたタイムリミットまであと数時間。俺だって「キャンセルさせてくれ」と言うのが正解だって解ってる。でもそこにはプライドや様々な問題があって、思い切れない。

ジロにはその背中を押して貰いたかっただけだ。

「馬鹿《ばか》、親友が売りやろうとしてるのに見過ごせるかよ」

「ジロ……」

男前な台詞《せりふ》に感動する。こいつが女だったら、マジで結婚《けっこん》してもいいぐらいだ。

思わずその肩に手を伸《の》ばし掛けたときに、ジロの携帯《けいたい》が鳴り出す。

ジロは取り出した携帯の画面を見た途端に、表情を固めた。

「あ」

「あ？」

カチカチカチ、携帯を弄《いじ》りながらジロの顔がだんだんと曇っていく。

「……俺の買ってた株暴落してる。うー、あー……ロシアの影響《えいきょう》がかなり……」

その先の言葉はジロの口の中に消える。しばらくカチカチと携帯を弄ってから、ジロはふっきれたような明るい表情で顔を上げた。

「先物もやられてる」

ジロは、ヌイさんの店に置いてある、白衣観音《びゃくえかんのん》みたいな笑みを浮かべた。

店にある白衣観音は笑いたいのか泣きたいのか、くしゃみしたいのか解らない微妙《びみょう》な表情で固まっている。左手も挙げたいのか下げたいのか解らない中途半端《ちゅうとはんぱ》な位置にあるが、こわかわいいところが老人に受けるのか、すっかりうちのマスコットだ。

薬局の前にあるカエルの置物みたいに、常連客から親しまれている。売れないけど。

「ミヤ、金貸してくれない？」

見たことがないぐらい、爽《さわ》やかに親友が金をせびってきた。

「………お前も俺と一緒《いっしょ》に買われに行くか？」

「無理無理。俺の息子《むすこ》はでかい、うまい、かたいと好評だけど、素直《すなお》すぎるから」

どっかの牛丼《ぎゅうどん》屋で似たようなキャッチフレーズを聞いたことがある。

「俺だって勃《た》たねーよ……」

思わず項垂《うなだ》れる。いや、もしかして俺は勃つ必要ねーのか？

そうなると必然的に俺が入れられる事になる。それって、死ぬのとどっちがましかって話だ。

いや、だけど向こうが入れて欲しかった場合、不能な俺に金は入るのか？

昨日は入れたり出したりはなしの方向で話が進んでいたが、化野にはそこら辺を伝えていない。普通《ふつう》、一晩十万だったら入れたり出したりはありだって思うはずだ。

「…………うちの息子は素直だけが取り柄《え》なんだよ。人見知り激しいんだよ」

知らないおじさんの相手なんか無理すぎる。完全に俯《うつむ》いちゃうよ。

遠ざかっていく雲を見上げる。いっそあの雲にのって、知らない国に行きたい。

「仕方あるまい」

ジロはそう言うと、ズボンのポケットからフィルムケースを取り出す。

カメラのフィルムが入ってる半透明《はんとうめい》な、掌《てのひら》サイズの円筒《えんとう》形のケースだ。中には粒状《りゅうじょう》のものが何粒《つぶ》か入っている。ジロは蓋《ふた》を開けると、一粒だけ取り出してそのケースを俺に寄越《よこ》す。

「なんだよ？」

よく見ると白い錠剤《じょうざい》のようだ。ラムネみたいに見えるが、そうじゃない。表面が磨《みが》かれたみたいにつるつるしてる。

「飲むと息子さんの姿勢が良くなるよ。ヴィキーンって」

ヴィキーン、とジロが両手を体の横に添《そ》わせ背筋《せすじ》を伸ばし、「気を付け」の姿勢を取る。

「バイア……」

「違う違う。これはもっと精神的な物だよ。飲めば木の股《また》にすらムラムラしちゃうね。確実に」

「そんなやばいもん、俺に渡すなよ」

「やばくねぇよ。俺いつも飲んでるから」

ジロは取り出した一錠《じょう》を前歯で挟《はさ》む。白い歯の間にあるそれが、まるで毒薬に見える。

「……平気なのかよ。俺嫌《いや》だよ、お前が次の体育の時間にゴールポスト相手に盛《さか》ってんの」

こいつが支柱に股間《こかん》を擦《こす》りつけてたらどうしよう。

それでもジロは俺の親友だって胸を張って言えるだろうか。

「一錠なら平気」

それを飲み込んだジロがにやにや笑う。

いつも飲んでるならでかい、うまい、かたいは完全にドーピングじゃないのか。

「いらねーよ」

返そうとした手をぎゅっと握《にぎ》り込まれ、フィルムケースに蓋をかぶせられた。パチンとはまる音がする。

「まぁまぁ、宮本君。遠くない未来にこれがあって良かったたって思う時が来るから。兄さん、そのときに感謝して貰《もら》えればいいから」

だから、お前誰《だれ》だよ！　面白《おもしろ》がってるのか!?　友達の窮地《きゅうち》を面白がってるのか!?

「来ねーし、しねーよ……！」

そう言いながら、俺は結局それをワイシャツの胸ポケットに無理矢理《むりやり》仕舞《しま》われた。

胸ポケットに入れると結構存在感のあるそれがなんだか嫌で、俺は一番大きな雲を見ながらあの中に宇宙人がいて、そいつらが俺のこと連れ去ってくれないかな……なんて本気で考えた。

もしくは隕石《いんせき》が、いきなり化野に直撃《ちょくげき》すればいい。

ああ、そうか。これが反実仮想か。現実逃避《とうひ》に最適だ。日記に使いたい気持ちも解る。

俺はキリスト教でもイスラム教でもないし、ましてやどこかの新興宗教に入ってるわけでもない。家には仏壇《ぶつだん》があるから、ヌイさんは仏教徒なんだろうけど、俺自身は無宗教だ。無神論者に近い。神様なんていない。そんなものがいたら、俺はもっと幸せだった。

家の勝手口の前に停《と》まった黒光りする見慣れた高級車を見て、つくづくそう思う。

それとも彼、もしくは彼らが手を差し延べないのは、俺に救う価値がないからなのか。

「待ってたのか？」

「うるせーよ」

化野の車に乗り込んでから「早く出せよ」とぶっきらぼうに口にする。

ジロから貰った媚薬《びやく》（？）は胸ポケットに入っている。何度か捨てようとしたが、結局持ってきてしまった。

家に帰って風呂《ふろ》に入り、私服に着替《きが》えてヌイさんの飯を食って、それで今は化野の車に乗ってる。五時までに電話を入れるつもりだったのに、結局出来ずに俺は無表情を保ちながら助手席から窓の外を見た。宇宙人も隕石も、今のところ近づいてくる気配はない。

「相手……見つかったのかよ」

そう聞けば、化野は「まあな」と答える。

胃がずんと重くなる。掌にじわっと汗《あせ》が染《し》み出たから、誤魔化《ごまか》すように拳《こぶし》を握った。

ヌイさんに嘘《うそ》を吐《つ》くのが嫌だったから、正直に化野と出掛《でか》けると言った。ヌイさんは化野から先に聞いてたようで「ドライブだってねぇ、仲良くなれるといいねぇ」と暢気《のんき》に言っていた。

その辺の根回しに手抜《てぬ》かりがないところが、化野の嫌な部分だ。

俺と仲良くなるのは化野じゃなくて、見知らぬオッサン（おばさん、もしくはお姉さんであってくれ）だ。

「どこ、行くんだよ」

車は繁華街《はんかがい》に向かう。またホテルに行くんだろうと思ったら、どんどん掌に汗が滲《にじ》む。

隕石や宇宙人が無理なら、せめてガス欠か渋滞《じゅうたい》で車が止まればいいのに。

「着けば解る」

複雑な気持ちで黙《だま》り込んでいるうちに、車はいくつも交差点を過ぎていく。

心を落ち着けるために、流れるままの車窓の景色を眺める。ナンパに失敗して不機嫌《ふきげん》そうにしてる奴等、路上に座り込んでジャンクフードを食べてる奴等。こいつらの中の何人が、金のために同性に体を売れるんだろう。そんなことを考えて、自分が汚《きたな》い人間になった気がした。

今からでも、逃《に》げるのは間に合うかも知れない。そう思った時に化野が車を停めた。

「着いたぞ」

そこは大きなホテルのエントランスだった。高そうなホテルだった。けれど見知らぬ高校生に一晩で十万払《はら》うような相手だ。ここのホテル代ぐらい大したことないんだろう。

立っていたホテルマンに車の鍵《かぎ》を預けて、化野は俺を中に促《うなが》す。

「待ってろ」

そう言われて、ロビーの端《はし》にあるソファに座った。

一人掛《が》け用の緑のソファはやけに柔《やわ》らかくて、体が半分沈《しず》み込みそうになる。

それとなく振《ふ》り返って化野の後ろ姿を追うと、フロントで鍵を受け取った化野はスタッフとなにか話をしていた。俺は視線を前に戻《もど》す。ガラステーブルの上には香炉《こうろ》のような物が置いてある。上の蓋を取ったら、灰皿だと解った。

しばらくして戻って来た化野は、ソファに埋《う》もれている俺を見て小さく笑う。

「なんだよ」

笑われたことが恥《は》ずかしくて、立ちあがって睨《にら》み付ける。舐《な》められるのは腹が立つ。

「いや、こっちだ」

化野はさっさとエレベーターホールに向かう。俺はそれを慌《あわ》てて追いかける。

到着《とうちゃく》したエレベーターに乗り込んだのは俺達だけだった。化野は上の方の階数ボタンを押す。

「相手って……男？　それとも、女？」

出来るだけ期待せずに訊《き》くと、勿体《もったい》ぶるわけでもなく「男」と素っ気ない答えが返ってくる。

「ふーん」

解っていたことなのに、落胆《らくたん》する。ハリウッド俳優からスポーツ選手までありとあらゆる格《かっ》好良《こい》い男を頭の中に並べてみたが、抱《だ》かれてもいいと思える相手はいなかった。

「嫌なら今からでも帰ればいい。部屋のドアを開くまでは、まだ引き返せる」

「別に、今更《いまさら》……」

出来ることなら昨日に引き返したい。見知らぬ男と取引する前に。化野の挑発《ちょうはつ》にのる前に。ここまで来たら、逃《に》げ出せない。意地がある。それに金が要《い》る。

「十万なんだろ」

声が少し震《ふる》えた。強がっているとばれてしまったかもしれない。

「そんなに金が欲しいか？」

「欲しいね。それで不幸か幸福か決まるんだから、誰だって欲しいだろ」

金があればこれ以上ヌイさんを悲しませないで済む。父親に頼《たよ》る必要もない。金は幸福のバロメーターの一つだ。もしも金があったら、母親にもっと楽をさせてあげられた。そしたら彼女はもっと長く生きられたかもしれない。

「金のために足開くなんて、ずいぶん安いんだな」

嘲《あざけ》るような言い草が屈辱《くつじょく》で、唇《くちびる》を噛《か》む。ヤクザを仕向けられなければ、こんなことはしない。全部解ってる癖《くせ》に、俺を馬鹿《ばか》にする男が憎《にく》らしくて堪《たま》らなかった。

「あんたみたいな最低な奴《やつ》に言われたくねーよ」

部屋の前に立つと、化野は最終確認《かくにん》の様に俺を見た。

俺はカードキーを奪《うば》って、勝手に部屋のドアを開ける。室内は真っ暗だった。

化野は俺の手から取り返したキーを壁《かべ》のホルダーに差す。その途端《とたん》に室内の電気が点《つ》く。

薄《うす》いレースのカーテンを通して、窓の向こうの夜景が目に入る。

オレンジの薄暗《うすぐら》い光で満ちた部屋の中には誰もいなかった。

「これから来るのか？」

俺の質問に答えず、化野は「シャワーを浴びて来いよ」とバスルームに視線を向ける。

「……家で浴びた」

じりじりと項《うなじ》の毛が逆立つような悪寒《おかん》がして、気を抜《ぬ》けば足が勝手に後退しそうになった。

近くにいる化野の存在をより鮮明《せんめい》に感じて、逃げ出したい気分に拍車《はくしゃ》がかかる。

「相手は……」

「俺だ」

化野はそう言って俺から離《はな》れ、ミニバーの横にある小型冷蔵庫から小さなビール瓶《びん》を取り出すと、蓋《ふた》を開けて口を付けた。乱暴な仕草で、化野は自分の唇を親指でおざなりに拭《ぬぐ》う。

「怖《お》じ気づいたか？」

その言葉に引きつりながら言い返す。

こんなときだっていうのに、昨日、作りがいいと知った男の顔は嫌味《いやみ》なほどに整って見えた。

「あ、相手が見つからねーならそう言えばいいだろ！　何もあんたが俺とやることないだろ！」

これじゃお互《たが》い馬鹿みたいに意地を張ってるだけだ。

化野は十万をかけて。俺は意地とプライドをかけて。俺は意地を張り通せば十万が手に入るが、化野が手に入れるのはなんだ？　生意気な俺を犯《おか》してやったという満足感か？

「俺が相手しなきゃ、別の相手を探しに行くんだろ？　自慢《じまん》の孫が、男相手に売春なんてヌイさんが聞いたら悲しむからな」

「は、あんたがそれを言うのかよ。ヌイさんのために俺を抱く？　嘘吐《うそつ》け、ヌイさんの店から売り物を万引きしていくような、ゲス野郎《やろう》のくせに。てめぇが変態だとは知らなかったよ」

化野はふっと口元を歪《ゆが》める。

「俺には、ゲイでもないのに馬鹿みたいな理由で男に抱かれるお前の方が理解できないな」

馬鹿みたいな理由。ヌイさんの着物を守りたいというのは、そんなに馬鹿みたいなことか。

母親を亡《な》くし、父親と縁《えん》を切った俺にとっては、あの人は唯一《ゆいいつ》の肉親だ。

だから、泣かせたくない。守りたい。

体で稼《かせ》いだ金は、もしかしたら汚《よご》れた金なのかもしれないが、それでも金は金だ。

「嫌《いや》なら帰ってもいい。でも、俺以外の人間とこういうことを続けるようならヌイさんに昨日のことをばらすぞ」

じゃあ、どうやって稼げっていうんだ。月給五万のバイトじゃ、とても返済に追いつけない。

「別に、俺は逃げるつもりなんかねーよ。逃げるのはあんただろ。でも、逃げるなら十万は置いてけよな」

上に着ていたシャツを脱《ぬ》ぐ。ばさっと音を立てて、それを化野が座るソファに投げつける。

化野に抱かれる？

悪い冗談《じょうだん》だ。馬鹿げてる。こんな結果が見えてたら、絶対にこの取引を始めたりしなかった。

睨むように化野を見ながら、ベルトを外して、ジーンズを脱いだ。色気も何も関係ない。

自棄《やけ》気味に服を脱ぐ俺を見て化野は呆《あき》れた顔をして、近づいて来た。

思ったよりも大きな手が、頬《ほお》に触《ふ》れる。それだけで肩《かた》が震えた。

「慣れてないんじゃないか？」

笑い混じりにそう言われて、かあっと頬に血が上《のぼ》る。

「確かに男の相手は慣れてないかもな……っ」

吐《は》き捨てるようにそう言った。男どころか、女とだって経験はない。

でもそれを知られたら、余計に馬鹿にされるだろう。

黙《だま》ったままの化野に、この先どうして良いか解《わか》らない。経験のなさを隠《かく》すために自分から触《さわ》ろうとして戸惑《とまど》う。服を脱がす所から始めればいいのかと、迷いながらネクタイに手を掛《か》ける。

けれど指は動かなかった。もちろん毎日自分の制服のネクタイを締《し》めているのだから、外し方は知っている。だけど、自分から男の服を脱がすような行為《こうい》が出来なかった。

途方《とほう》に暮れていると、化野が俺の指先を握《にぎ》り込む。突然《とつぜん》触《ふ》れられて驚《おどろ》いた。

「っ」

反対の手で化野は自分のネクタイを外す。それからジャケットを脱ぎ捨てると、自分はそれ以上脱がないまま俺をベッドに押し倒《たお》した。

背中をベッドに付けているのが不安で、反射的に肘《ひじ》を突《つ》いて体を起こすと、のし掛かってきた化野の頬が自分の頬を掠《かす》める。

「……ぁ」

化野の体から、柔らかい香水《こうすい》の匂《にお》いがした。女性的でもないが、男性的でもない、その匂いにふっと力が抜けそうになる。そのタイミングを見計らっていたかのように、化野が俺にもたれ掛かる。性急だったが、真下から見上げた整った顔には、欲情《よくじょう》している素振《そぶ》りはなかった。

「ここでやめておくか？」

「誰《だれ》がだよ」

恐《おそ》らく今のは最後の意思確認だった。なのにそれをプライドでは撥《ね》ね除《の》けた俺はきっと馬鹿だ。

化野の手が下着に伸《の》びる。ゆっくりと中に入り込んだ手が、性器を弄《いじ》る。

「あっ…ん」

自分の口から漏《も》れた声の甘さに死にたくなる。

「ん、ん」

それでも声を止められない。一生懸命《いっしょうけんめい》歯を食いしばるのに、間から漏れていく。

誰か俺を殺せ、と心の奥で念じながら、視線を落とせば自分の性器を化野が触っている様が眼《め》に飛び込んでくる。前後に扱《しご》かれて、皮との摩擦《まさつ》で熱が生まれて硬《かた》くなっていく。化野の手に気持ちよくされて、素直《すなお》にヴィキーンってなってる。

男の手でも反応してしまうそこに、人見知りはどうしたんだと文句を言いたくなった。

「く、ふっ…ぁ」

自分でするよりもずっと気持ちがいい。カリの部分を指先で擽《くすぐ》られて、無意識に腰《こし》を押しつけてしまう。化野に触れられるなんて絶対に嫌だ。大嫌《だいきら》いな男の手でこんな風に弄《もてあそ》ばれるなんて、死にたいほど悔《くや》しくて恥《は》ずかしい。なのに、腰が揺《ゆ》れてしまう。

「うぁ…あ…んっ」

体が痺《しび》れる。予想が出来ない他人の手が、勝手に体のいいところを触っていく。

「あ」

化野の手を押さえていた指から力が抜ける。

「気持ち良さそうだな」

笑うように耳元で言われて「そんなんじゃねーよ」と否定するのに、その声が震《ふる》えて虚勢《きょせい》だとばれる。

化野はゆっくりと俺の唇を舌で舐《な》めた。ぬるぬる動き回るそれが唇の間に入ってくる。

歯を噛みしめていると、右手の親指が皮との継《つ》ぎ目をぐりぐりと優《やさ》しく押してきた。

「っ……は、あ」

嬌声《きょうせい》が漏れる。その隙《すき》に、舌がぐっと入りこんでくる。

「あ、はっ」

口の中から食われそうだ。俺の舌が吸い出されて、化野の舌と絡《から》む。甘く噛まれて、音を立てて唇を吸われる。清潔そうな顔をしてるくせに、えげつないキスだ。

「ん、ふ、ぁ」

初めてのキスなのに、こんなにいやらしくて良《い》いんだろうかと頭の片隅《かたすみ》で思う。

不意に化野の左手が、尻《しり》と性器の間をなぞった。四本の指で触れられて、ぞわぞわとした感覚が背中を這《は》い上がってくる。勃《た》ちあがった性器がひくりと、動いた。

「え、ろ親父《おやじ》……っ」

悔し紛《まぎ》れに詰《なじ》ると、窘《たしな》めるように唇《くちびる》を優しく噛《か》まれた。

「親父はひどいだろ。まだ若いつもりなんだ」

「ふ、あっ」

どれかの指が強くその場所を押した。同時に性器の根本を強く扱かれる。

「あっ、ぁっ……ぁあ」

ぐっと快感が増した。その場所を押されると、睾丸《こうがん》がぎゅうっと硬《かた》くなるような気がする。

ちゅ、ちゅ、と音を立てて頬や舌を吸われながら、快感に仰《の》け反る。そうすると思わず化野の体に先端《せんたん》を擦《こす》りつけてしまう。視線を落とすと、化野のスーツがところどころ濡《ぬ》れていた。

「あ、ぁ」

自分が付けてしまった恥ずかしい汚れに思わず眼を瞑《つぶ》ると、ぐいっと足を開かされる。

「ここに入れる」

まるで子供に教えるように、開いた足の奥にゆっくりと化野が指を入れた。

一本目の先までは、それほど抵抗《ていこう》なく入ってくる。しかし全部埋《う》めきる前にきつくなってた。潤《うるお》いがないから、引きつるような痛みがあった。

「い、ぁ……っ」

化野の指が俺が垂らした先走りをすくう。その指が再び中に入ってくる。僅《わず》かにぬめった感《かん》触《しょく》があったが、それでもまだ痛い。なのに深くまで入れられた。

「んー……ぅ」

膝頭《ひざがしら》を閉じそうになると、乱暴に開かれる。

「何されるか、ちゃんと見てろ」

そんな風に命令されて、悔しいのに足を閉じることも出来ずに化野の指がそこに入っていくのを見せられる。一本目が根本まで入ったら、今度は二本目。苦しさに耐《た》えていると、根本まで埋めきった指を化野はセックスの時みたいに出し入れした。

軽く奥を突《つ》かれ、思わず尻が痙攣《けいれん》する。無意識に膝頭が閉じた。

「うー……」

気持ち悪くて、思わず低い声が出る。違和感《いわかん》のあるそれに、眉間《みけん》に皺《しわ》が寄った。苦しい。下手《へた》くそ、と喉《のど》の奥まで出かかった言葉を飲み込む。そんなことを言ったら余計に意地悪をされるんじゃないかと、理性が働く。

「も、さっさとやれよ……っ」

このままじりじり痛みを感じるのは嫌だ。それに、もうこれ以上情けない格好で女みたいな声をあげたくない。

「これじゃ入らないだろ」

化野の言葉に首を振《ふ》る。

「は、やく」

「萎《な》えてんだろ」

そう言われて、項垂《うなだ》れてしまった素直な息子《むすこ》に目を落とす。

「別に、俺が萎えても、入ればいいだろ」

突っ込むのに、突っ込まれる側がヴィキーンってなる必要はないはずだ。つか、もうさっさとしてくれ。じゃなきゃ、いっそ殺せ。

冷静になりたくない。わけわかんないまま終わらせたい。こんなの、正気じゃきつすぎる。

「お前が萎えてたらこっちも気持ちよくならない。そもそも、強姦《ごうかん》する趣味《しゅみ》はない。嫌《いや》なら止《や》めるか？」

くちゅりと音を立てて化野の指が抜《ぬ》かれる。抜かれてからも、そこはじんじんしてまだ何かをくわえ込んでいるような気がした。指でこれじゃ、化野のを入れたらどうなるんだろうと想像して、怖《こわ》くなった。それでも逃《に》げるわけにはいかない。

「ふざけんな」

ここまでさせて止めたら、本物の馬鹿だ。金も手に出来ずに、残るのは後味の悪い気分だけなんて絶対に嫌だ。

俺は脱《ぬ》いだシャツのポケットからジロに貰《もら》った媚薬《びやく》入りのケースを取り出す。何錠《じょう》飲むか聞いていなかったから、自棄《やけ》気味に全部口に入れて、噛み砕《くだ》いてから飲み込む。苦いと思っていたそれは結構酸《す》っぱくて、思わず背筋が震えた。酸っぱい物は昔から苦手だ。

「これでいい」

「どういう意味だ？」

不思議そうな化野の目の前に座って、その顔を睨《にら》み付ける。本当に飲む気はなかったのに、全部化野のせいだ。

「媚薬飲んだから、これであんたが下手くそでも萎えないですむ」

俺の言葉に、化野は眉《まゆ》を寄せる。その顔に向かって、挑発《ちょうはつ》的に笑ってみせた。俺が怖《お》じ気づいて逃げ出すことを期待していた男に、ざまーみろという気分で口の端《はし》を上げてやる。

化野が嫌なら仕方なく止めてやってもいいけど、俺からは絶対に嫌だなんて言わない。

「若菜」

溜《た》め息に似た口調で名前を呼ばれる。下の名前で呼ぶなと文句を付けようと開いた口は、キスで塞《ふさ》がれた。舌が痺れるほど吸われ、感覚を教え込むように舌を擦られる。

「ン、んぁ…ん」

「……馬鹿な子ほど、って言うやつの気持ちが少しわかるな」

「ば、馬鹿ってなんだ！　こっちは一生懸命に……っ」

抗議《こうぎ》の声をあげた時に、萎えていた場所を化野の手で愛撫《あいぶ》された。同時に胸の色の変わった部分を軽く噛まれる。その刺激《しげき》で思わず尻に入ってきた化野の指を締《し》め付けた。

「あー…ああっ、ンッ」

思わず声があがる。媚薬は即効《そっこう》性だったのか、すぐに体の芯《しん》がぐらぐらしだす。

胸に走るむず痒《がゆ》い未知の快感が怖くなる。今更《いまさら》ながら、媚薬の中身が気になった。

赤マムシやミミズ的な物で出来ていたらどうしようと思ったが、後悔《こうかい》しても飲んでしまったからもうどうしようもない。胃を中心に、体の内側がじわっと熱くなっている気がした。化野の指が動く度《たび》に体の内側からとろとろ焼かれるような、不思議な感覚だった。

「気持ちいいのか？」

耳元に寄せられた唇がそんな事を言う。掠《かす》れた声が妙《みょう》に男っぽくて腰《こし》が震える。

「媚薬のせい、だ」

俺の言葉に化野が笑う。その反応が悔《くや》しい。

今度キスをされたら嚙みついてやろうと思った。そんな企《たくら》みも知らずに、唇が寄せられる。

「あっ、やっ……やっ」

嚙みつこうとした時に指が中でぐるりと回った。体が魚みたいに跳《は》ね上がる。

女じゃないのに、体の中に気持ちいい場所がある。そこに指が触《ふ》れた。

「やっ……」

むずむずするような不思議な感覚だった。押しやろうとするが、舌を嚙まれて力が抜ける。

音を立てて唇と舌を吸われ、気付けば口を開けて化野の愛撫を受け入れていた。

「ふ、ぁっ」

こくり、と喉の奥の唾《つば》を飲み込む。

中に入った指は、ずっとその気持ちいい場所を弄《いじ》り続けている。弄られる度にそこが敏感《びんかん》になっていく。むずむずとした感覚が、もっと鋭《するど》く甘いものに変わる。化野の手で変えられていく。

「ん、あ、やっ……ぁ」

拙《つたな》い動きで腰をゆすると、化野が指を増やす。

気持ちいい場所を化野の指に擦られて、泣きそうになりながら首を振る。

「ひっ、アッ、あ……化野、や」

わけがわからなくなる。どうしたらいいんだろう。あつくて、やらしくて、目眩《めまい》がする。

「と、ける」

服越《ご》しでも解《わか》る熱い体温に抱《だ》きすくめられて、逃げようもないほど体中に触れられていた。閉じていた場所を開かれて、奥の方まで入ってきた指に快感を煽《あお》られている。化野と眼《め》が合うのが怖くて瞼《まぶた》を閉じると、より肌《はだ》や粘膜《ねんまく》が鋭敏《えいびん》になった。

感じすぎるのが怖くて、化野に縋《すが》るように抱《だ》きつくと、優《やさ》しく背中を撫《な》でられる。優しい手の動きに油断していると、乳首《ちくび》を押し潰《つぶ》されてそのまま噛みつかれた。

「やっ」

気持ちいいのが嫌で逃げるように腰を退《ひ》くと、窘《たしな》めるように強めに噛まれた。

「ひっ……ぃ」

生理的な涙《なみだ》で視界が滲《にじ》む。押しのけようにも、力の入らない指先じゃうまくいかない。噛み切られるんじゃないかと怯《おび》えていると、打って変わって柔《やわ》らかく舐《な》められる。痛みでじんじんしていた場所が、優しい舌の感触《かんしょく》に震《ふる》えた。

「化野」

「そんなとろんとした顔してると、最後まで食べちまうぞ」

粗野《そや》に化野が言って、頬《ほお》にキスをされた。触れた唇《くちびる》を冷たく感じて、自分の顔に血が上っているのだと知る。指が深い場所を引っ掻《か》くたびに快感が鮮明《せんめい》になる。このままじゃ指だけで達しそうだ。逃《のが》れようとしたが、化野は逃がしてくれなかった。

「あ、……もう、無理、嫌だ……っ」

俺の言葉に、化野が薄《うす》く笑う。

「……っ、放せよ、いや、だ」

「嫌なら言えよ」

「な、にを……だよ」

「初めてなんだろ？」

ぎゅっと唇を噛《か》む。ばれているんじゃないかと思っていたが、指摘《してき》されて頬が熱くなる。

「っ」

黙《だま》っていると窘めるように激しく擦《こす》られる。化野の前で達したくなくて、ぎこちなく頷《うなず》くと「言え」と低い声で命令された。むかつきながら「初めてで悪いかよ」と掠れた声で言った。

化野は満足げに笑う。けれど、余計に激しく手を動かされて、俺はその顔を睨み付けた。

「嘘《うそ》つ、き」

「言えば止めるなんて言ってないだろ？」

「最っ……低だ」

そのまま無理矢理《むりやり》絶頂に導かれて、俺は化野の手を汚《よご》す。

達した途端《とたん》に急激に興奮が冷えていく。波のように熱が退いて、後悔が押し寄せてくる。未《いま》だに肩《かた》を抱く男を押しやろうとしたが、窘めるように敏感な場所を指で弄られた。

「っ」

相変わらず深い場所にも指をくわえ込まされたままだ。そこがぬぷぬぷと音を立てる。

「抜け、よ」

「これで終わりじゃないだろ」

唇を吸われた。キスに意識を奪《うば》われていると、搾《しぼ》り取るように性器を扱《しご》かれて、出し切れなかった精液がとろとろ溢《あふ》れる。初めて他人の手で導かれた快感に、戸惑《とまど》うようにそこが俯《うつむ》く。

「ん……っ」

ずるりと音を立てて奥の方から指が抜かれた。化野のを入れられるのかと、覚悟《かくご》して瞼をきつく閉じる。自分の中に入る瞬間《しゅんかん》は見たくない。そう言えば子供の頃《ころ》に予防接種を受けるときは、針が皮膚《ひふ》に刺《さ》さる瞬間を見ないように顔を背《そむ》けていた。

あの頃と同じだ。入れられるものは針なんかよりずっと太くて大きいけど。

「震えるなよ。虐《いじ》めてるみたいだろ」

聞こえない振《ふ》りをして顔を逸《そ》らす。足が広げられて、その場所が化野の前に晒《さら》される。爪先《つまさき》でシーツを引っ掻いて、出来るだけ自分がしている格好を考えないようにした。

「ひっ……」

湿《しめ》った感覚に反射的に眼を開けて視線を落とせば、先程《さきほど》まで弄られていた赤い先端《せんたん》に化野が舌を伸《の》ばしている。

自分が眼にした光景が信じられず、瞼を閉じることすら出来ずに見つめていると、開いた口の中にそれがずぶずぶと飲み込まれていく。同時に温かく滑《ぬめ》った感覚がそこを包んだ。

「ひっ、アぁ……あぁ、んっ」

初めて感じる生々しくて、神経に直接触れられているような急激な快感に腰が跳ねた。押さえるように腰を引き寄せられて、限界まで足を開かされる。よくエロ系のグラビアで見る女のポーズを実践《じっせん》しているんだと思うと、死にたくなった。

「だ、だめ、化野、や……だあっ」

大きな口の中で吸い上げられて、睾丸《こうがん》を揉《も》まれる。痛いような気持ちいいような強さでじわじわ煽られて、耐《た》えられず自分の指に噛みつく。すぐにでも達してしまいそうだ。

「くち、放せよ……っ」

奥の方からせり上がってくる感覚が嫌《いや》で、化野の頭を遠ざけようと手を伸ばす。

「嫌、だ。そんなところ舐められたら、すぐ……だめになるっ」

早すぎる反応に泣きたくなる。

「出せよ」

「や、だ……ぁ」

ねっとりと舐められて、耐えきれずに化野の口で達する。仰《の》け反った体を押さえ込まれて、吐《は》き出し終わった頃にようやく解放された。

化野は俺の見ている前で自分の掌《てのひら》に、精液を吐き出す。化野の唇がぬらぬら光っている。いやらしい光景から逃れるように、腕《うで》で眼を覆《おお》う。

「変態……」

思わず呟《つぶや》くと「どっちが」と笑われた。

「俺は、違《ちが》う」

化野はくすりと笑って俺の胸に舌を這《は》わせる。

「あ」

「男に乳首舐められて感じてるくせに、変態じゃないのか?」

ぎゅっと、周りの肉ごとその場所を柔らかく嚙まれ、舌で嬲《なぶ》られると言い訳が嬌声《きょうせい》に変わる。

「っ……まだ、やんのかよ」

「十万円分だろ?　お前が本当に変態じゃないか、確かめてやるよ」

笑う化野が唇を合わせてくる。苦くて生臭《なまぐさ》い精液の味がするキス。

そんなものにうっかり興奮している俺は、もしかしたら本当に変態になったのかもしれない。

目が覚めたのは肩を揺《ゆ》さぶられたせいだった。起きあがろうとすると、腰《こし》が鋭《するど》く痛む。

「あ」

起こした体が裸《はだか》であることが解り、かあっと顔が赤くなる。

薄いレースのカーテンを通して差し込む朝日から体を隠《かく》そうと、シーツをたぐり寄せた。

自分が昨日化野の前でどんな姿を見せて、どんな言葉を口走ったのか思い出すと、今すぐ舌を噛みたくなった。痛そうで出来ないけど。

「今日も学校だろう？　早く支度《したく》をしろ」

ネクタイを締《し》めた化野は部屋に運び込まれていた二人分の朝食に目を向ける。紅茶とクロワッサンとオムレツにサラダ。デザートにカットフルーツまで付いている。

化野は一人掛《が》け用の椅子《いす》に座ると、テレビを点《つ》けた。ニュース番組にチャンネルが合わせられる。画面に表示された天気図を見ながら、花柄《はながら》のカップに口を付ける男から目をそらすと、ベッドのサイドテーブルに無造作に万札が置いてあることに気付いた。

銀行から持ってきたばかりのような、指の切れそうな紙幣《しへい》に手を伸ばす。数を数えるためにぱらぱらと捲《めく》ると、十人の諭吉《ゆきち》が冷めた眼で俺を見返した。

「なんでだよ……？」

朝食をとってる男にそう問いかける。

「何が？」

いやらしさを夜と共に消して、清潔感の漂《ただよ》う顔で化野が俺に視線を向けた。

「昨日、最後までしなかっただろ」

結局俺は化野の手だけで、何回もいかされてそのまま眠《ねむ》ってしまった。三回目までは記憶《きおく》にあるが、それ以降は覚えていない。口にもしたくないような場所に指を入れられて掻き混ぜられて、思い出したくもないような言葉を口走った。

全部媚薬《びやく》のせいとはいえ、自分があんな風になるなんて知りたくなかった。

「ああ」

「なんで抱《だ》かなかったんだよ。抱かれてねーのに、金なんか貰《もら》えねーよ！」

少なくとも、一度も化野は達したりしなかった。それどころか最後まで服さえ脱《ぬ》がなかった。

俺は恥《は》ずかしいのと腹が立つのが一緒《いっしょ》になって化野を詰《なじ》る。

俯いたら負けだと思ったから、顔が赤くなっているのは解《わか》っていたが、真っ直《す》ぐに化野を睨《にら》み付ける。化野は呆《あき》れたような顔をして溜《た》め息をついた。

「子供が体で金稼《かせ》ごうとするな。大体、ガキの体なんて抱く気にならない。しかも初めてなんて余計だ」

思わずカッとして万札を投げつける。しかしそれは化野に届くわけもなく、モスグリーンの絨毯《じゅうたん》の上にふわふわ漂って落ちた。

「お前な……」

苛立《いらだ》った顔の化野にますます腹が立つ。ガキだって、プライドはある。

先に侮辱《ぶじょく》したのは化野だ。俺がどんな覚悟で昨日服を脱いだか知らないくせに。

「誰《だれ》のせいだよ！　あんたがうちにヤクザなんか寄越《よこ》すから悪いんだろうが！　ヌイさんはそのせいで大事な着物まで手放そうとしてるし。数百万の借金なんて俺には体売るぐらいしか返す方法思いつかねーよ……」

情けなさで語尾《ごび》が小さくなる。どうせ俺はガキだ。金を稼ぐ方法が解らない。ヌイさんの着物は、化野に取られてしまう。それだけは嫌だったが、止める術《すべ》が解らない。

情けなくて項垂《うなだ》れていると、化野が「ヤクザってどういうことだ？」と言った。

「とぼけるなよ。お前が寄越したんだろ」

「なんで俺がそんなことするんだよ」

化野は不思議そうな顔で口にした。理由なんて俺が知りたい。

「あんた、ヤクザと一緒にいたじゃん。俺がうるさく言うから回収が面倒《めんどう》になって、あいつらに任せたんだろ」

俺の言葉に化野は眉《まゆ》を寄せて「その話、もっと詳《くわ》しく聞かせろ」と冷静な大人の顔で言った。

気圧《けお》されたような気分で、俺は先日店の前で二人の男と交《か》わした会話を口にする。

化野は全部聞き終わると「とりあえず、俺がなんとかするから服を着て飯を食えよ。朝飯は大事だぞ」と暢気《のんき》なことを言い出す。

「本当にあんたの差し金じゃねーのかよ」

「俺じゃない。ヌイさんには何も聞いてないのか？」

ヌイさんは化野にこれ以上迷惑《めいわく》をかけられないと言っていた。だからてっきり、化野の借金だと思っていたが、ヌイさんはこれ以上化野を頼《たよ》れないという意味で口にしたのかもしれない。

「……」

だとしたら、俺が化野に抱かれた（気分的には完全に処女喪失《そうしつ》だ）のはなんだったんだろう。

絶望する俺をよそに化野はナイフを使わずにフォークで綺麗《きれい》に切り分けた黄色いオムレツを自分の口に運ぶ。

まだ俺の中では割り切れない気持ちは残っていたが、着替《きが》えて化野の前のソファに座った。オムレツには市販《しはん》のトマトケチャップではなく、トマトを刻んで作ったソースがかかっていた。口に運ぶとふわふわで、とろとろしている。

素直《すなお》に朝食を食べていると、化野がまた溜め息を吐いた。

「なんだよ」

「なんで最初から相談しなかったんだ。してれば昨日みたいなことはしなかったのに」

その言葉に化野も俺と同様に昨日のことを後悔《こうかい》しているのだと知る。

むっとしながら「お前が黒幕だと思ってたんだから、するわけねーだろ。今だって俺は完全に信じたわけじゃない」と自棄《やけ》気味に吐き捨てた。

化野は再び溜め息を吐いて前髪《まえがみ》をかきあげる。滅多《めった》に見られない困った顔をしていた。

そんな顔を見たら俺まで居たたまれなくなって、途端《とたん》に先程《さきほど》まで美味《おい》しいと感じていたオムレツが味気なくなってしまったような気がする。

もしかして、悪いのはちゃんと話をしなかった俺なのか？


ホテルから家に帰って、まず化野はヌイさんと話し合った。

ヌイさんによるとヤクザが来たのは、耕造さんが存命の時に囲碁《いご》仲間にした借金の件だった。耕造さんが亡《な》くなったことで囲碁仲間は取り立てを諦《あきら》めたらしいが、その囲碁仲間が亡くなった際に借金の存在を知った息子《むすこ》がヌイさんに返済を迫《せま》っていたらしい。

「若菜はまったく、人の話を聞かないんだから。ごめんなさいねぇ、宗介さんに何か失礼なこと言ってないと良《い》いんだけどねぇ」

困り顔のヌイさんに訊《き》かれ、化野はいつもの胡散臭《うさんくさ》い笑《え》みを多少引きつらせて「いえ」と否定する。さすがに化野でも俺とあんなことをした後でヌイさんと話すのは気まずいらしい。

「その息子さんとは面識がありますから、俺が話をしてみますよ」

「いつも本当に申し訳ないねぇ。宗介さんには頼ってばっかりで」

「これぐらい大したことじゃないですから」

化野が帰ってから、ヌイさんは俺に化野にしている借金のことを教えてくれた。

「若菜は勘違《かんちが》いしてるみたいだけど、宗介さんはいつも店の物を持っていって、それを売ってくれるんだよ。それで、売り払《はら》った代金から月々の返済分を引いて、口座に振《ふ》り込んでくれるんだよ。だから別に宗介さんは盗《ぬす》んでいくわけじゃないんだよ」

ヌイさんもっと早く言ってくれ、そう思って俺が項垂れたのは当然のことだ。

つまり、全部俺の空回りだったわけだ。

実は化野は良い奴《やつ》でした。そんな風にネタばらしされても、今更《いまさら》「はいそうですか」と気持ちは切《か》り替えられない。あと一日早く真相が解っていたら、俺は……いや、もう止《や》めよう。

なんとなく泣きたい気分で訪《おとず》れた学校の屋上には、生暖かいが穏《おだ》やかな風が吹《ふ》いている。

購買《こうばい》で百円で売ってたアイスバーを食べながら空を見上げると、飛行機雲が出ていた。

中のかき氷をがりがりと噛《か》んでいると、いつものようにジロが現れる。

スキップしながら近づいてきたジロが俺の顔を覗《のぞ》き込む。

「どうだったって、聞くまでもなく寝不足《ねぶそく》だな。昨夜《さくや》はハッスルハッスルですか」

「はっする……」

普段《ふだん》は聞く機会のあまりない言葉を復唱して頭痛を覚える。ホテルでの記憶は缶詰《かんづ》めにして、厳重に鎖《くさり》で縛《しば》り付けて海に沈《しず》めてしまいたい。化野の記憶をなくせないなら、せめて俺だけでも昨夜のことは忘れたい。出来れば永遠に。

「お前が……媚薬なんか渡《わた》すから」

八つ当たりだと解っているが、詰らずにはいられない。化野の手であんな風になるつもりはなかった。縋《すが》り付いて、自分からキスして、ねだって、腰《こし》を振って。

思い出せば、本気で飛びたくなる。この鉄柵《てっさく》を飛び越《こ》えたら、俺は楽になれるだろうか。

「媚薬？　あれはただのビタミンCだぜ」

「は？」

だってお前、アレ飲むと息子がヴィキーンってなるって言ってなかったか!?

「よかったらコエンザイムもあるよ」

ジロがまたピルケース代わりのフィルムケースを差し出す。

「でも、俺、あれのお陰《かげ》で……」

「プラシーボ効果。暗示療法《りょうほう》だ。病は気からって言うだろ？」

あれがただのビタミンC（どうりで酸《す》っぱかった）なら、化野の指で感じた快感や、口走った言葉は全《すべ》て俺のせいってことになる。

「……なんてことしてくれたんだよ」

こうなったら化野にあの媚薬《びやく》が偽物《にせもの》だとばれないことを祈《いの》るしかない。

「済んだことは忘れろよ。覆水盆《ふくすいぼん》に返らず、切りすぎた前髪を嘆《なげ》いても無駄《むだ》だって言うだろ」

ジロはケースから取り出した小さなグミに似たコエンザイムを口に入れる。

「……ジロ、落とされるのと絞《し》められるのと刺《さ》されるのどれがいい？」

「え⁉」

ジロの肩《かた》を手で掴《つか》む。ごくん、と粒《つぶ》を飲み込んだ音がやけに大きく聞こえた。

「俺達、死ぬときは一緒《いっしょ》だよな」

化野にばれたときはこいつも道連れだ。


化野の不動産屋は都内にいくつか店舗《てんぽ》があるらしい。駅前の寂《さび》れた店舗しか知らなかったから、昨日のホテルの近くにある本店に来るようにと言われたときは驚《おどろ》いた。

ペデストリアンデッキを渡ってすぐの茶色いビルと言われていたが、俺は目の前にそびえる高層ビルを見上げて「まさか本当にこれか？」と驚く。

一階と二階は見慣れた不動産屋の名前が付いている。三階に来るように、と言われていたので店舗横のエントランスから中に入り、エレベーターの三階ボタンを押す。

エレベーターを降りて、最初に目に入ったのはガラス張りのドアだった。

ドアにはやはり不動産屋の名前が記されている。

「あの、」

ドアを開けて、カウンター越《ご》しに中を見た。近くに座っていた水色の制服姿の女子社員がすぐに俺に気付き、立ちあがって近づいてくる。

「化野に、来るように言われたんだけど」

戸惑《とまど》ったままそう告げる。

「はい、承《うけたまわ》っております。こちらへどうぞ」

社員が先導して、奥へ連れて行かれる。

ヌイさんの家の近くにある駅前の店舗に呼び出してくれればよかったのに、と学生服姿の自分を場違《ばちが》いに感じながらドアの前に立つ。

社員がノックをしてからドアを開けると、部屋の中には化野がいた。

じわり、と顔が熱くなる。条件反射のように、フラッシュバックする昨日の出来事。

社員がいなくなった後に、部屋に足を踏《ふ》み入れられない俺を見て、化野が苦笑《くしょう》して促《うなが》した。

「どうした？　入れよ」

どうしたもこうしたも、俺はあんたと違って昨日寝《ね》た相手と普通《ふつう》にしゃべれるほど擦《す》れてないし、大人でもないんだ。何せあんなことしたのはあれが初めてで、不本意ながらも俺にとってはあんたが初めての相手で、って言っても入れたり出したりはしてないけど。

「……別に」

言いたいことを飲み込んで、部屋に入る。廊下《ろうか》と同じく毛足の短い灰色のカーペットが敷《し》き詰《つ》められていた。

化野のデスクは木製で大きく、その上にはノートパソコンといくつかの書類が載《の》っていた。俺と化野の間には来客用のソファとテーブルがある。そこに灰皿が載っていた。どうしてこういうところの灰皿はガラスで出来ていて、凶器《きょうき》に出来る程重そうなんだろう。

「何の用だよ」

ぶっきらぼうに言った。ドアは閉めたが、化野に近づく気はおきなかった。出来れば今すぐ回れ右して出ていきたい。ヌイさんを経由してではなく、直接言われたら呼び出しに応じる気はなかったんだ。昨日の今日で、化野の顔を見たくない。

「俺、バイトだから早くしたいんだけど」

実際、シフトは一時間後に入っていた。本来だったら夕食をとる貴重な時間を、こうして化野のために割《さ》いている。

「まさか、昨日みたいなバイトじゃないよな?」

マンガみたいにボッと顔が赤くなる。考えないようにしているのに、わざわざ思い出させるな。

「普通にカラオケ店だよ……っ」

あんなマネ、二度とするもんか……！

「どこのだ？」

まさか調べに来たりはしないだろうと思いながら、疑う化野に店の名前と場所を告げる。

「俺のバイト先が知りたくて呼び出したわけじゃないんだろ？」

本題に入らない化野に焦《じ》れて、話を促す。早くこの居心地《いごこち》の悪い空間から逃《に》げ出したかった。

「こっちに来い」

化野は突《つ》っ立ったままの俺を呼ぶ。仕方ないからのろのろと近づくと、茶色の封筒《ふうとう》を渡された。大きい封筒には宛名《あてな》もなにもない。中を見れば、書類のようなものが入っていた。

「借金の完済書だ」

予想外の言葉に目を瞠《みは》る。

「え？」

「話は付けてきた」

「な、なんで……？」

中を見ると本当に完済書があり、そこにはヌイさんの名前と今は亡《な》き耕造さんの名前が書かれていた。書類には二百数十万を受け取った、という意味の文章が記されている。

「だって、金は……？」

完済書の額面に記載《きさい》されている金額を、俺は一円も渡していない。

「利子が必要以上に付いてたから、元金だけ返すことで決着を付けた。全部なかったことにすることも出来たが、ヌイさんは借りた物は返したいと言っていたからな。その金額については俺が肩代《かたが》わりした」

確かに化野は「俺がなんとかする」と言った。だけどまさか俺の代わりに金を返すとは思ってもみなかった。だって、うちの事情は化野には関係ない。

「勘違《かんちが》いするなよ。もともとうちにしている分と合わせて借金はちゃんと返してもらうからな」

化野の言葉にはっと顔を上げる。

「今まで通り、店の品物は好きにさせてもらう。思い入れのあるものだろうと、売れると思ったら俺が勝手に捌《さば》かせて貰《もら》う。いいな？」

「それだけでいいのか……？」

化野ははぁと溜《た》め息を吐《つ》く。

「俺は年寄りや子供を虐《いじ》める趣味《しゅみ》はないんだ。昨日だって、お前が事情を先に言っていたらあんなことはしなかった」

「そのわりには、かなり容赦《ようしゃ》なかったじゃねーかよ」

無理だ、止《や》めろと言ったにもかかわらず、深い部分まで貪《むさぼ》られた。自分が子供で、化野が大人だということをまざまざと見せつけられて、悔《くや》しくなったことを思い出す。

「お前が煽《あお》ったからだろ」

「俺のせいかよ。大体、煽ってなんかねーよ」

「まぁ、いい。とにかくこれで、ヤクザは来ないだろう。お前も二度とあんな馬鹿《ばか》なことをしてヌイさんを悲しませるようなことはするなよ」

化野はそう言うと、用は済んだとばかりに手元の書類に目を落とした。

そんな化野に、俺は頭を下げる。言うべき言葉は一つだけだ。昨日のことを思い返せば、言いたくないし、化野のことは気に入らないが、けじめはけじめだ。

「ありがとう」

化野は驚いたように顔を上げた。俺の口からお礼を言われるなんて思ってなかったようだ。

「金は、絶対に俺が働いて返すから」

化野は困ったように眉《まゆ》を寄せて「子供がそんな心配はしなくていい」と歯切れ悪く口にする。俺が素直《すなお》にお礼を言ったことに戸惑っているようだ。珍《めずら》しく居心地悪そうにしている。

「でも、必ず返す」

もう一度頭を下げて社長室を出る。

困ったときは頼るように、そう言ったヌイさんの言葉が蘇《よみがえ》った。

相変わらず化野のことは好きになれないけれど、次からは本当に困ったら化野に相談してみようと、書類の入った茶封筒《ちゃぶうとう》を見ながら思った。

期末テストの近づいた七月のある日。暑い日が続いていて毎日ぐったりと過ごした。授業をさぼるために屋上に一時避難《ひなん》したが、日差しが強すぎて結局十分足らずで教室に逆遊難するはめになる。授業中にもかかわらずアイスを食べるジロの傍《かたわ》らで、暑くて眠《ねむ》ることも出来ずに大人しく保健体育の授業を受けた。胸鎖乳突筋《きょうさにゅうとつきん》と上肢帯筋《じょうしたいきん》については何となく覚えた。

午後はなんとか暑さにも慣れて、教室で寝ながら授業を受ける。

気温に体力を奪《うば》われて家に帰ると、ヌイさんが「ああ、ちょうど良かった」と俺を見て微笑《ほほえ》む。

「お使いを頼《たの》みたかったんだよ」

その言葉に首を傾《かし》げると、店の奥から化野が出てくる。

「また来てたのか？」

「借金のカタを回収させてもらわなきゃならないからな」

最近は前にも増してよく来るようになった。毎回何らかの商品を持っていくが、倉庫の中にはまだかなり骨董《こっとう》品が眠っているらしく、品薄《しなうす》になる心配は今のところない。

化野は店の奥の物置（ヌイさんは倉庫と呼んでるけど、どう考えても物置）から大きめの箱を持ってきた。蓋《ふた》には京人形と筆で書かれていた。

「まぁ。懐《なつ》かしいねぇ」

ヌイさんが顔をほころばせて箱を開けると、夜中に髪《かみ》の毛が伸《の》びそうな人形が顔を見せた。

「かわいい」

そう言うのはヌイさんだけだ。かわいいって言葉が相応《ふさわ》しくないほどリアルな人形の造形に戸惑《とまど》っていると、人形の状態を確認《かくにん》して化野は箱の蓋を閉める。

「これ、貰っていきますね」

「ええ、よろしくお願いします」

ヌイさんは微笑み、それから「若菜、宗介さんのお手伝いをよろしくね」と言った。

「え？」

「車を回してくるから、支度《したく》をして待ってろ」

化野はそう言うと、店から出ていった。

「どういうことだよ。これ、あいつの家まで運べばいいのか？」

「これとは別にお得意さまのところにお使いに行って欲しいんだよ。焼き物を買う約束をしてるんだけど、宗介さんだけじゃ大変だから、出来れば若菜にも行って欲しいんだけど」

売り上げをヌイさんの口座に振《ふ》り込み、残りを借金の返済分に充《あ》ててくれている化野を一人で買い付けに行かせるのは悪い。

あの夜から二週間経《た》つ。何度か化野は店に来たが、俺は出来る限り顔を合わせないようにしていた。二人きりで車に乗るのは本当は凄《すご》く嫌《いや》だが、断るわけにもいかない。

「わかった。俺、こんな格好だけど、平気？」

「制服でも失礼には当たらないと思うけどねぇ」

そういう意味じゃなくて、どちらかというと髪の事を訊《き》きたかったんだが。

「お得意さまだから、失礼のないようにお願いね」

ヌイさんは皺《しわ》だらけの手で人形の入った箱を紫《むらさき》の風呂敷《ふろしき》で包んだ。

それを持って化野の車に乗ってから、俺は出来る限り運転席の方を見ないようにしながら
「その人形、いくらで売るんだよ？」と訊く。

「百万ぐらいが妥当《だとう》だな」

化野はさらりとそう言ったが、俺は思わず膝《ひざ》の上に載《の》った風呂敷包みに目を落とす。

お世辞にも可愛《かわい》いとは言えない人形が百万。神社に持っていったら迷わずお祓《はら》いされそうな人形にそんな高値が付くとは思わなかった。そういえばこの間化野が持っていった掛《か》け軸《じく》は七十万と言っていたし、意外とうちの店には掘《ほ》り出し物が眠っているんじゃないだろうか。

全部売ったら借金なんて軽く返済できるんじゃないか？

「言っておくが、それを百万で売れるのは俺の手腕《しゅわん》があるからだぞ」

俺の表情を読んで、ちくりと釘《くぎ》を刺《さ》した化野に「解ってるよ」とぶっきらぼうに返す。

ヌイさんは客と駆《か》け引きめいたことをほとんどしない。本人曰《いわ》く「耕造さんと違《ちが》ってあんまり知識がないから」ということで、客に負けて欲しいと言われると簡単に値引きしてしまう。かといって俺も価値が解らないから、客が「これはもっと安いはずだ」と口にするとヌイさんと一緒《いっしょ》になって「そうかもしれない」と思い、結局は客の言い値になる。

「それより、相変わらず熱そうな髪の色だよな」

信号待ちで、化野の指先が耳を掠《かす》める。

思わずびくっと肩《かた》が揺《ゆ》れた。これが車の中でなかったら、飛び退《の》いていたかもしれない。

「な、なんだよ」

「これはこれで綺麗《きれい》だけど、黒髪の方が似合いそうだ」

「ほっとけよ！」

思わずとげとげしく言って、化野の手を振り払《はら》う。

「相変わらず攻撃《こうげき》的な性格だな。ヌイさんに似てない」

「あんたに性格のことを言われてたまるか。大体、ヌイさんヌイさんって、あんたヌイさんの事好きすぎるだろ。普通《ふつう》身内でもないのに借金まで肩代わりするかよ」

前々からどうしてここまで化野がヌイさんに対してよくしているのか疑問だった。

「ああ。俺の親代わりみたいなものだったからな」

「親代わり？」

「うちの不動産屋は俺の親が立ち上げたんだ。軌道《きどう》に乗るまでは父親も母親も働き詰《づ》めだったから、俺は学校帰りにヌイさんの家に預けられてた。お前の家の近くにある店舗《てんぽ》がもともと一号店だったから、ヌイさんの家は近かったんだよ。血もつながってないのに、よく面倒《めんどう》をみてもらったよ。俺の骨董の知識はそのとき耕造さんに教えられたものがほとんどだ」

「……それで、その時の恩返しってことか？」

「まあな」

その時、化野の携帯《けいたい》が鳴った。会社から掛かってきたその電話を化野は運転しながら受けていた。ハンズフリーの会話なので俺にも内容は筒抜《つつぬ》けだったが、化野は特に気にした風もない。

電話が切れて、沈黙《ちんもく》が落ちると今度は化野から質問された。

「お前はどうしてヌイさんに引き取られたんだ？」

「ヌイさんから何も聞いてねーの？」

「ああ」

出《お》し惜しみするような理由じゃないから、俺は簡単にこれまでの経緯《けいい》を説明した。

親が離《り》婚《こん》したこと。母親が死んだこと。顔も覚えていなかった父親に引き取られたこと。そして前の学校で暴力事件を起こして、退学になったこと。

「それであの男は、俺の父親は世間体《せけんてい》が悪いから俺を疎遠《そえん》だった自分の母親に引き取らせて、厄介払《やっかいばら》いしたんだ」

警察署で口にした「俺は悪くない」の台詞《せりふ》を、あの男は聞き流した。俺が悪いか悪くないかはあの男にとっては大した問題じゃなかったんだと気付いたのは、少し後だった。あの男にとって大事なのは、この件で自分や俺の義理の弟の風評がどうなるかということだけだった。

「そうか」

「俺が新しい学校に入れたのは、あの男のお陰《かげ》だけどな」

恐《おそ》らく裏で金でも渡《わた》したんだろう。仮にも自分の息子《むすこ》が暴力事件の挙げ句高校退学だなんて、あの男は我慢《がまん》できなかったのだろう。取り繕《つくろ》うために年間かなりの学費を払うことになったとしても、体裁を整えることのほうが大事だったに違いない。

化野は自分から聞いてきた癖《くせ》に、それ以上はとくに興味もないようだった。

「降りろ」

しばらくして化野が車を停めたのは、白塗《しろぬ》りの壁《かべ》に囲まれた大きな門の前だった。神社で見るような木でできた観音開きの物で、横に付けられている近代的なインターフォンに違和感《いわかん》を感じるぐらいに古めかしい。

化野がインターフォンを押して名前を告げると、門の横の通用口が開く。顔を出したのは割烹着《かっぽうぎ》を着た年配の女性だった。

「御苦労《ごくろう》さまです。どうぞ」

化野とは顔見知りらしく、すっと下がってそのまま中に消える。化野はその後ろをついて行った。俺も後に従う。

塀《へい》は見事だったが、中の庭は鬱蒼《うっそう》としていた。玄関《げんかん》まで続く石畳《いしだたみ》はちゃんとしているものの、横の池は涸《か》れているし、松の木の周囲には背の高い雑草が生えていた。椿《つばき》の木にも蔓《つる》がからんでいる。塀や家が見事だと余計に見窄《みすぼ》らしく見えた。

日本家屋の大きな屋敷《やしき》は瓦《かわら》の屋根が印象的だった。何十人でも一緒に暮らせるほどの大きさに見える。ヌイさんの家が何個分だろうと考えていると、玄関の引き戸が開けられた。

「骨董屋《こっとうや》か」

ドアを開いた人物は、俺達を出迎《でむか》えたわけではないようだ。素っ気なく口にした男に、化野が頭を下げる。咄嗟《とっさ》に俺も姿勢を正してお辞儀《じぎ》をする。

そこに立っていたのはスーツを着て髪《かみ》を短く整えた男だった。年もそうだが、なんとなく俺の父親と雰囲気《ふんいき》が似ている。高慢《こうまん》な態度もそっくりだ。一目で好きになれそうにないと思った。

「品物は奥に用意してある。一時間で査定してくれ。帰ってきたら金額を確かめる」

男は早口にそういうと、一度俺の髪に目を留める。何も言わなかったが、呆《あき》れたように首を振ると開けたドアから出ていった。

「こちらです、どうぞ」

男が年配《ねんぱい》の女性に何も声を掛けなかったところを見ると、恐らく彼女は家政婦なのだろう。

俺は促《うなが》されるままに靴《くつ》を脱《ぬ》いで家に上がった。

縁側《えんがわ》を通って通されたのは奥にある畳《たたみ》の部屋だ。そこには箱がいくつも並べられている。

「一時間後までによろしくお願いします」

家政婦は機械的にそう口にすると、部屋から出ていこうとする。

「先生はどちらにいらっしゃるんですか？」

不意に化野が家政婦に声を掛けると、その肩がびくりと揺れた。

「………存じません」

「先生の許可もなくコレクションを買うわけにはいきません。先生はどちらに？」

再度同じように化野が質問をすると、家政婦は「はあ」と長い溜《た》め息を吐《つ》く。

「以前デイサービスで通っていたホームの方に入居しています」

それだけ言うと、家政婦は逃《に》げるように俺達の傍《そば》からいなくなった。

「先生って？」

「さっきの男の父親だよ。このコレクションの主だ」

化野はそう答えると、箱を片っ端《ぱし》から開けていく。中身を確認《かくにん》すると、持ってきた付箋《ふせん》に金額を書いて、桐箱《きりばこ》に貼《は》っていった。

ちゃんと査定しているとは思えないスピードで次々と値段を決めていく。化野が弾《はじ》き出したゼロの数に最初は驚《おどろ》いていたが、半分以上値段を付け終わる頃《ころ》にはだんだんと感覚が麻痺《まひ》してきた。ただの花瓶《かびん》に有り得ない値段がついていく。

「化野って鑑定《かんてい》も出来るんだな」

「素人《しろうと》に毛が生えた程度だ。勘《かん》で付けてるものも多いな」

「勘かよ……」

数百万の値段を勘で付けるなんて、ある意味男前だ。

全《すべ》ての箱に値段を付け終わると、化野は明らかに価格が安かったものを部屋の隅《すみ》に除《よ》ける。全部で四点あった。他《ほか》の物と同様に高そうな箱に入っているが、値段は二百円から千円だ。

俺はその中の一点を手にする。翡翠《ひすい》色の綺麗な杯《さかずき》だった。他のものと比べて遜色《そんしょく》があるようには見えないが、値段は三百円になっている。

「査定は終わったか？」

突然《とつぜん》前触れもなく障子があけられた。驚いていると、先程《さきほど》の男が顔を出す。

部屋の中を見回している男に、化野は弾き出した金額を電卓《でんたく》に打ち込む。

「三十八点で、ざっとこのようになります」

男は化野の手からひったくるように電卓を受け取った。こんなに大きな屋敷に住んでいて、尊大なところを見ると、社会的地位が高いのかも知れない。けれどいくらそうであっても、初対面の人間にこんな態度を取る奴《やつ》は嫌《いや》だ。

「ふん、まぁまぁだな。にしても、この端数《はすう》はなんだ？」

男が部屋をぐるりと見回す。その目が俺の持っている杯に留まる。

「そちらの作品は、大変申し訳ありませんが……あまり高い評価を付けられません」

化野の言葉に男は俺の手から杯を奪《うば》った。

男の手の中で杯がひっくり返される。底には銘《めい》が刻まれていた。

「親父《おやじ》の作品か。素人にしちゃ上手《うま》いが、確かに大した値段はしないだろうな」

嘲《あざけ》るようにそう言うと「そこにあるのはただで構わないから引き取ってくれ」と男は続けた。

「でしたら、明日、契約書《けいやくしょ》を持って参ります」

「いらん、いらん。わざわざ呼びだして査定させた駄賃《だちん》だ。ここにあるものは、査定額を参考にソレより高い値段で買ってくれる他の業者に売らせて貰《もら》う。町の小さな骨董屋にはもったいない品だろうからな」

思わず眉《まゆ》を寄せると、男はせせら笑いながら「あんたのところが一番高かったら、また呼んでやるよ」と口にする。

むっとしたが、化野は気分を害した風もなく「こちらは本当に貰ってもよろしいんですか？」と訊《たず》ねた。数百円の値札が付けられた箱が三つ。千円の値札が付けられた箱が一つだ。ガソリン代と時給で換算《かんさん》したら、確実に俺のバイト代より安そうだ。

「ああ。まぁ、だけどそうだな、この杯だけは残しておくか」

男はそう言って翡翠の杯をテーブルに置く。査定が済んだら帰れとばかりに、俺と化野は追い出されるように家を出た。車が走り出してからも男の態度が忘れられず、苛々《いらいら》する。

「悪かった。まさか先生がいないと思わなかった。知ってたらお前は連れて来なかったんだが」

「俺はいいけど。化野はあんな風にされてむかつかないのかよ」

「客商売だからな」

俺だって普段《ふだん》は客商売だが、いくら客でもむかつくものはむかつく。

「それより、その箱ちゃんと持ってろよ」

「なんで？　二百円なんだろ？」

「いや、二百万だ」

「え……？」

俺が呆然《ぼうぜん》と聞き返すと、化野は俺の足下《あしもと》の箱を見ながら「そっちは国宝級だ」と口にした。

「はあ⁉　騙《だま》したのかよ⁉」

「鑑定人《かんていにん》の力量不足で商品価値を見誤った。故意じゃなければ法的に問題はない。素人に頼《たの》んだ依頼人《いらいにん》にも責任があるしな」

「故意だろ！　今二百万って言ったじゃねーか！」

「相変わらずお前は真っ直《す》ぐで気持ちがいいな」

「ふざけんな！　引き返せよ！　いくらなんでも、これは駄目《だめ》だ」

思わず叱《しか》るようにそう口にすると、化野はくつくつと笑った。

「あんな嫌味《いやみ》で価値も解らない奴に返すのか？　それに本当の持ち主はあいつの父親だ」

「そういう問題じゃない。お前が行かないなら俺が行くから車を停《と》めろ。じゃないとヌイさんに言いつける」

「若菜は、耕造さんに似てるな。お前のそういうところ、俺は結構好きだ」

「誤魔化《ごまか》すなよ」

「先に寄るところがあるんだ。それが終わったら、戻《もど》っても良《い》い」

その言葉が信用できずにじっと睨《にら》むと、化野が困ったように笑う。

「どこに行くんだよ」

「着けば解る」

化野はそう言った。ドライブは一時間近く続いて、ようやく車が停まったのは郊外《こうがい》の工場地帯を抜《ぬ》けたところにあるマンションの前だった。

「ここ、どこなんだよ？」

不信感を募《つの》らせながら訊ねると、化野は「それ一つ持てよ」と箱を指した。

「おい、返すんじゃなかったのかよ!?」

「いいから言うとおりにしろ。ここで置いていかれたくないだろ？」

最低な脅《おど》し方をして（この方法でナンパした女をホテルに連れ込む男の手口を、前の学校でクラスメイトの女子から聞いたことがある）、俺をマンションに促す。卑怯《ひきょう》だが有効な手段だ。

犯罪の片棒を担《かつ》がされてる気分でしぶしぶ箱を持ち上げる。

化野はエントランスのインターフォン越《ご》しに誰《だれ》かと交渉《こうしょう》していた。しばらくしてわざわざ出迎えに来た人物が看護師の格好をしているのを見て、もしかしてここはマンションじゃないのだろうかと、入口のポストの上にあるロゴに目を向ける。

そこには「グループホーム」と書かれていた。

「困ります。こんな時間に」

「先ほどお伝えしたとおり、緊急《きんきゅう》なんです」

俺と化野の間を何度か看護師の視線が往復する。しかし最終的には諦《あきら》めたように、嘆息《たんそく》した。

「今回だけですよ」

「ありがとうございます」

化野が猫《ねこ》を被《かぶ》った顔で礼を言う。同性にもかかわらず、看護師がその笑顔《えがお》に見惚《みと》れたのがわかった。騙されている。

「さっきも言いましたが、三十分だけですからね」

「はい」

男の後について、化野は廊下《ろうか》を歩き、階段を上った。俺もそれについて行く。

二人が足を止めたのは、三階にあるドアの前だった。先ほどの家の前にかかっていた表札と同じ名前が書かれた札が、ドアの前に貼《は》り付けられている。

コンコン、と男がドアをたたくと、中から「はい」と返答があった。

「じゃ、三十分したら下におりてきてくださいね」

最後に念をおしてから、男はいなくなった。

「失礼します」

化野がドアを開ける。部屋の中はそれほど狭《せま》くはなかったが、広くもない。中央にはベッドが置かれ、手が届く範囲《はんい》にテレビや椅子《いす》が配置されている。部屋の主はその椅子に腰《こし》を掛《か》けて、こちらを見ていた。刻まれた皺《しわ》の数からして、ヌイさんと年はそう変わらないだろう。

「お久しぶりです、こちらは、暦青堂のお孫さんです」

化野が俺を紹介《しょうかい》したので、慌《あわ》てて頭を下げて自己紹介をする。

「宮本若菜です」

「君が。前にヌイさんが孫に会えないと嘆《なげ》いていたが、良かったなぁ。今はよく会うのか？」

「はい、一緒《いっしょ》に暮らしています」

「なら耕造さんも安心だ。跡継《あとつ》ぎがいるなら、心おきなく引退できるな」

それを聞いて顔を上げると、目が合った化野は小さく首を振《ふ》った。

祖父はすでに亡《な》くなっている。しかし、目の前の老人はそのことを知らないのかもしれない。もしくは忘れてしまったのかも。訂正《ていせい》するのは簡単だったが、化野が首を振ったので口をつぐんだ。親しげな口ぶりだった。忘れているなら、何度も悲しませることはない。

「それにしても、今日は、わざわざこんなところまでどうしたんだ？」

「夜分遅《おそ》くに申し訳ありません。実は先生にお目にかけたいものがございまして」

そう言って化野が箱を差し出すと、老人の目つきが変わった。

「もしかして、それは」

「先ほど、審美眼《しんびがん》のない方から頂いたものです。先生がお好きなのではないかと思いまして」

老人は震《ふる》える手つきでその箱を開けると、中から取り出した茶碗《ちゃわん》に貼られた値札を見て、何とも言えない笑みを口元に浮《う》かべた。

「三百円か。光悦《こうえつ》の茶碗が三百円とは、破格だな」

「ええ。先生にはお世話になっているので、差し上げようと思いまして」

「そっちの〝月に叢雲《むらくも》〟は千円か、こりゃいい」

くすくす笑う老人は、茶碗を撫《な》でながら「あいつめ、俺が死ぬ前に人の宝物を手放しおって」と口にした。

「もしかしてさっきの家の……？」

老人の素性《すじょう》を恐《おそ》る恐る確認《かくにん》すると、化野が頷《うなず》く。

目の前の老人がこのコレクションの本当の持ち主なら、化野が真っ先にここを訪《おとず》れた気持ちが解る。また「実は化野はいい人だったパターンかよ」と思いながらも、不覚にも胸の奥がじわりと熱くなる。

「今頃《いまごろ》あいつは自分が手放したものの価値も知らずに、家の中で威張《いば》っているんだろうなぁ」

「もう少し取り返して参りましょうか？」

化野はこともなげに提案する。しかし老人は首を振った。

「宗介くんのことだから他《ほか》はちゃんとした値段をつけてくれたんだろう？」

「ええ」

「ならいいんだ。これで充分《じゅうぶん》だよ。それに、家から出されたことを恨《うら》んでいるわけではないんだ。息子《むすこ》の嫁《よめ》に世話をしろと言う気はない。夫だけでも大変なのに、そのジジイの面倒《めんどう》までみさせるつもりはないんだよ。それに家で一人でいるよりも、ここなら誰かしらいるからね。時々こうして知り合いが来てくれるし。息子は来てくれないけどな」

老人はうつむきながら、茶碗を撫でた。その横顔がひどく寂《さび》しそうに見える。

「なぁ宗介くん。私が死んだら、もう一度これを買ってくれないか。今度はちゃんとした値段で頼むよ。それで、その金を息子に渡《わた》してやってくれ。俺があいつにやれるものなんて、昔も今も金ぐらいしかないからな。だからあんな風に育ってしまったのかもしれないいな」

諦めたような口調に、俺はとうとう我慢《がまん》できずに口を開く。

「あなたの息子は、あなたが作った杯《さかずき》だけは手元に残していましたよ」

老人が驚《おどろ》いたように俺を見た。

「その杯が形見になる前に、話し合ったらどうですか？」

「……君は、まだ若いから」

聞き分けのない子供を見るような目で老人が俺を見た。俺はその目を強く見返す。

「まだ、きっと間に合います。もしかしたら息子さんも、それを待っているんじゃないですか？」

生きてるうちなら、伝えられる。亡くなってからでは、もう遅い。

老人は俯《うつむ》きながら、「まいったなぁ」と小さく呟《つぶや》く。

「君は、耕造さんにそっくりだ」

「俺も、そう思います」

化野がそう言うと、老人は「はぁ」と溜《た》め息をついてから「息子と話すのは大変そうだから、まずは手紙から始めてみるよ」と口にした。

「いいお孫さんがいて、耕造さんが羨《うらや》ましいよ」

褒《ほ》められたことに驚きながら頭を下げる。あっという間に三十分が過ぎて、俺と化野は時計にせかされるように部屋を後にした。化野は骨董《こっとう》品を持ち帰ろうとはしなかったし、事情を知ったら俺も「絶対に返せ」とは言えなくなった。

ロビーに向かうと、看護師に「次回は面会時間厳守ですからね」と念を押すように言われる。

化野と二人で頭を下げてから外に出て、車に乗り込む。

「悪かったたな。結局なんの収穫《しゅうかく》もなくて」

「別に」

真相を知って先ほど車内で化野を詰《なじ》ったことを後悔《こうかい》しかけたが、元はと言えば持ち主に品物を返すつもりだったと、素直に教えない化野が悪い。

「とにかく、何か食って帰ろう。いい加減腹が減った」

化野がそう言ってハンドルを切る。

「俺、帰る」

一緒にいたくないとは言えなかった。化野に悪いし、嫌《きら》いだからそう思うわけじゃない。これ以上一緒にいたら、なんだか俺がやばい気がした。

「どうして？」

あんなことがなければ、優《やさ》しいと解った化野に対してこんな態度を取る必要もなかった。でも忘れようと思ったところで、あの日のことは二度と消えない刺青《いれずみ》のように俺の体にも記《き》憶《おく》にも染《し》みついている。

「金ないし」

「一円にもならないのに連れまわしたんだ。お詫《わ》びに奢《おご》ってやるよ」

「これ以上、借金が増えるのは嫌《いや》だ」

「奢りだって言ってるだろ。嫌だは聞かない」

口を開こうとすると「黙《だま》れ」という目で見られた。

仕方なく口を閉じる。一緒にいることを必要以上に意識した。

化野は俺を焼き肉屋に連れて行った。普段《ふだん》あまりヌイさんは肉を食べないから、久しぶりの肉だった。それでも味なんか解《わか》らない。どきどきしたくないが、どきどきする。

ユッケを美味《うま》そうに食べる化野を見ながら、箸《はし》の間から滑《すべ》り落ちる卵の白身を見てやらしい妄想《もうそう》をした。

あのホテルで化野が唇《くちびる》を今みたいに濡《ぬ》らした時のことを思い出して、うっかり下半身に血が集まりそうになる。テーブルで見えないと解っていても、恥《は》ずかしくて俯く。

「若菜？　お前、顔が赤いけど大丈夫《だいじょうぶ》か？」

「気のせいだろ！　うるせーよ!!」

いやらしいことを考えているのがばれたくなくて、思わず力いっぱい否定した。

「お前なんでそんな必死なの？」

訝《いぶか》しげな顔で化野がテーブルに頬杖《ほおづえ》を突《つ》くと胸鎖乳突筋《きょうさにゅうとつきん》が浮き上がり、目を奪《うば》われる。

男の筋肉に目覚めたなんて、いよいよ末期だ。自分の変態加減に俺は密《ひそ》かに絶望した。

「それは恋《こい》だと思います」

ジロは俺の向かいに座り〝恋女になるための十の約束〟という本を読みながら言った。

「なんでだよ」

日差しをさえぎる物のない屋上で、俺は教師が配ったプリントに目を落とす。

裏表印刷なので、裏面《りめん》が透《す》けて見にくい。期末試験を控《ひか》え、教師がテスト前に配る「ヒント集」だ。問題数は五十問。このうち、三十問が実際のテストで使われる。

教師側からの「赤点なんて面倒なものとって手間掛けさせないでね」というメッセージが裏面以上に透けて見える。前の学校だって、褒められるような所じゃなかったが、教師はここより真面目《まじめ》だった。

「ミヤの話を総合すると、惚気《のろけ》にしか聞こえないな。年上のお姉さんとドライブして焼き肉デートして、それでお前はお姉さんが生卵食ってるのを見てヴィキーン！ってなったんだろ？」

「ヴィキーンまでは行ってねーし、お姉さんでもねーよ」

思わず口を滑らせてしまった言葉に、ジロが本から顔を上げる。

「お姉さんじゃない？もしかしてミヤってフケ専？大丈夫、俺はお前がどんな趣味《しゅみ》の奴《やつ》でも受け止めてやるぜ」

その眩《まぶ》しい笑顔《えがお》に、俺は戸惑《とまど》う。

前の学校で友達だと思っていた奴に裏切られてから、俺は誰《だれ》も信じられなくなっていた。

この学校に入っても新しい友人を作るつもりはなかった。そんな俺の態度は最悪だったはずだ。それでもジロは色々と声を掛《か》けてくれた。俺がケンカが出来ないと知ってからは、いつもそれとなく助けてくれる。卑怯者《ひきょう》だという噂《うわさ》も真っ向から否定してくれた。

ジロだったら受け止めてくれるかも知れない。

「お」

「お？」

「お……にいさん……っ、つーか」

「…………」

「…………」

ジロはうんうん、と何度か頷いた。自分の中で俺の言葉を咀嚼《そしやく》して、なんとかその意味を理解しようとしているように見える。そうやって嚙《か》み砕《くだ》いた言葉を嚥下《えんか》して、ジロは笑った。

「宮本さんて、ゲイの人だったんですね」

そう言ってジロはずるずると、座ったまま後退する。

「お前、その態度なんだよ！　受け止めるって言っただろ⁉」

「限度があるわボケ！　性別超《こ》えてんじゃん！　趣味とかそういう問題じゃねえじゃん！」

「俺だってこうなるって思ってなかったよ！　男にときめく日が来るなんてこの間まで想像も出来なかったよ！　そもそも誰のせいで……っ」

確実にジロがくれたビタミン剤《ざい》もこの件に絡《から》んでいる。裁判にかければ絶対有罪だ。

「え、俺？　もしかして、お前俺の魅力《みりよく》で男に目覚めたのか……⁉」

「ねーよ！」

「だよな」

ジロと話してると疲《つか》れる。ジロは再び本の頁《ページ》を捲《めく》りながら「で？」と言った。

「カムアウトしたからには、その手の相談とか俺にしたいんだろ。言ってみな。脳内で相手を女に変換《へんかん》しながら聞いてやるから」

予想外の言葉に思わず黙り込む。

正直そこまで深い意味があって告げた訳じゃない。成り行き上で告白しただけで、何かを聞きたかったわけじゃない。それでも、折角《せっかく》だからと、一人で悩《なや》んでいたことを打ち明ける。

「……マジで恋だと思うか？」

「ゲイでもないのに、同性がえろく見えたんだろ？　極度の欲求不満《よっきゅうふまん》か恋で決定じゃねえの？」

「……極度の欲求不満かも」

俺が化野に恋をしてるというよりも、そっちの方がしっくりくる。

「この間年上のおば様と金貰《もら》ってやりまくったんだろ？　欲求不満じゃねえじゃん。でも、勘《かん》違《ちが》いって事もあるし、そいつと一発やってみたら？　相手の息子《むすこ》を拝見した上でお前の息子がヴィキーンってなったら恋です」

「………」

「なるほど、すでになってるわけか」

俺の表情を見て、何かを感じたらしくジロは一人で納得《なっとく》した。それからわざと甘くした声で「好きだという気持ちを素直に伝えなければ、何も始まりません」と言った。

「……そうかもしれないけど、向こうはゲイじゃないし」

化野だって俺とああなったのは成り行きで、事故みたいなものだ。成り行きで同じ男のアレを舐《な》められるかって聞かれたら、俺は無理だけど化野にとっては大したことないのかもしれない。そもそも俺のことは「抱《だ》けない」と言っていたし、実際に入れたり出したりはなかった。

好きだなんて言ったら、化野はどう思うだろうか。呆《あき》れるのか。それとも軽蔑《けいべつ》するのか。

「恋は決して悪く作用することはありません。失恋《しつれん》しても、恋が実っても、あなたは一歩前に進めるのです。恋をしないあなたより、恋をしているあなたのほうが輝《かがや》いています」

「……ジロ、良《い》いこと言ってる気がするけどかなりキモイ」

「俺は音読してるだけだ。謝れ、著者の洋子《ようこ》・バーバラ・松本《まつもと》さんに謝れ」

だから、誰だよバーバラって！

結局、恥《はじ》を忍《しの》んでカムアウトした結果、俺がジロから得られたものなんて一つもなかった。打ち明けたことを後悔《こうかい》しながら、放課後は商店街の和菓子《わがし》屋に寄って、ヌイさんに頼《たの》まれていたものを買ってから家に帰る。

店のドアを開けると、見たことのない客が来ていた。

「いらっしゃいませ」

まだ言い慣れない台詞《せりふ》を口にして頭を軽く下げる。

「あ、どうも……」

俺を見て一瞬戸惑《いっしゅんとまど》ったような顔をしたのは、黒いスーツ姿の女だった。

通り土間と店は膝《ひざ》の高さほどの段差が設けられていて、いつも客は靴《くつ》を履《は》いたまま腰掛《こしか》けながら品物を眺《なが》める。彼女も他《ほか》の客と同様に、畳《たたみ》に腰掛けて目の前に並べられた簪《かんざし》を見ていた。

「ああ、ちょうど良かった」

ヌイさんは俺から和菓子の袋《ふくろ》を受け取ると、一度店の奥にある台所に引っ込んでから、漆塗《うるしぬ》りの小皿に買ってきたばかりの生菓子《なまがし》を載せて戻《もど》ってきた。

アンコが得意でないと知っているので俺の分はない。

「そんな、お構いなく……」

慌《あわ》てたように女が手を横に振《ふ》る。

「よくお客様にはお出しするんですよ。それに宗介さんのご友人なら尚更《なおさら》お持て成ししないとねぇ」

俺はそのまま部屋に戻ろうとしたが、不意に聞こえてきた「宗介」という名前に足を止めた。

ヌイさんの言葉に、女は「すみません」と小さくお礼を言ってから、和菓子に手を付ける。

いつもならそのまま二階に行くが、化野の知り合いだという女が気になって、つい居間に座る。店とは襖《ふすま》一枚隔《へだ》てているだけだから、向こうの会話は筒抜《つつぬ》けだった。

しかし、それ以降化野の名前が出ることはない。女は平打ちの簪に興味を持っていたが、値段が高くて諦《あきら》めたらしく、結局翡翠《ひすい》の帯留めを買って帰っていった。

「あら、若菜ここにいたの？」

小皿と湯飲みを片付けるために戻ってきたヌイさんに、それとなく「さっきの人、化野の恋人《こいびと》かなんか？」と訊《たず》ねる。

「さぁ、そこまではどうだろうねぇ。でも綺麗《きれい》な人だったからそうかもねぇ」

「綺麗、だった？」

どちらかというと俺の好みじゃない。長い髪《かみ》は少し陰気《いんき》そうで、地味な印象の女だった。顔はよく見なかったが、長い髪と小さな声ばかりが記憶《きおく》に残っている。

「綺麗だったよ。髪も長くて綺麗だったから、結《ゆ》い上げたらさぞ着物が似合うんだろうねぇ。肌《はだ》も白いからどんな風合いの着物でも着こなせそうだねぇ」

彼女がいるなんて、化野には聞いてない。でも、そういうのを報告し合うような関係じゃない。今の女が化野の彼女じゃなかったとしても、あの男に恋人がいる可能性は高い。

今まで一度もそのことに思い至らなかった。

溜《た》め息を吐《つ》くと「どうかしたのかい？」と聞かれた。

「なんでもない。夕飯作るの手伝うよ」

そう答えると、もやもやした気持ちを押し殺して台所に立つ。

胸が痛むと同時に、バーバラ・松本の言葉をジロの甘い声と共に思い出す。

『失恋しても、恋《こい》が実っても、あなたは一歩前に進めるのです』

前に進めるどころか、今の俺は奈落《ならく》の底に落ちていくような気分だった。


バイト先に着いたのはシフトの十五分前だった。

スタッフルームで手早く上着を脱《ぬ》いで着替《きが》えて、ロッカーの小さな鍵《かぎ》をエプロンに仕舞《しま》う。

ドリンクバーの機械を掃除《そうじ》する専用の掃除道具をフロント裏で用意していると、店長が汗《あせ》を掻《か》いた額を皺《しわ》の付いたハンカチで拭《ぬぐ》いながら近づいて来た。

「ま、待ってたんだよ宮本君」

「どうかしたんですか？」

店長は俺の手から掃除用具を奪《うば》う。

「それが、その……さっき来た四〇八号室のお客さんなんだけど、どうも怪《あや》しくて」

どうやらまた面倒《めんどう》な仕事を押しつけるつもりらしい。

「怪しいって？」

店長は「個室を別の目的に使おうとしてるかもしれない」と歯切れ悪く口にする。

それで意味が解った。今までにもあった。部屋にコンドームが落ちていたこともある。

「放っておけばいいじゃないですか」

いつも放っておいている。

以前にパートの主婦が注意しようとしたら、「まあまあ、掃除は俺がやるから」と店長が宥《なだ》めていた。徹底《てってい》した事なかれ主義なのに、面倒なことに関《かか》わろうとするなんて珍《めずら》しい。

「いや、その、今回はどうも、無理矢理《むりやり》っぽくて……」

「は？」

「しかも男の方は俺より年上なのに、相手の子はセーラー服で……ちょっと嫌《いや》がってるみたいだったから」

「なんですぐ通報しないんですか」

不機嫌《ふきげん》な俺の声に店長はびくっとしながら「だってその、ただ純粋《じゅんすい》にカラオケ楽しむために来たのかも知れないし。もしかしたら娘《むすめ》に嫌《きら》われてるお父さんが、親睦《しんぼく》を深めようと頑張《がんば》って嫌がる娘を連れて来たのかもしれないし……」ともごもごと口籠《くちご》もる。

「解りました。様子見てきます」

俺がそういうと、ほっとしたように店長は胸《むね》を撫《な》で下ろした。

「助かるよ。これ、言い訳ね」

そう言って店長がトレイに載《の》ったドリンクを差し出す。

オーダーを受けた部屋と四〇八号室を間違《まちが》った、という筋書きらしい。言い訳用なので、グラスに入っているのは一番原価の安いアイスコーヒーだ。しかもかなり水増しされている。

「言い訳まで用意してるなら自分で行けばいいじゃないですか」

俺の言葉にへらりと笑う店長にむっとしたが、今は言い争いをしている場合じゃない。

本当にカラオケボックスでそういうことが行われていて、あとで警察沙汰《ざた》になったらややこしいことになる。それに金目的で相手が納得《なっとく》ずくならいいが、もし違《ちが》うなら見過ごせない。

足早に階段を上がって目的の部屋に近づく。部屋のドアは磨《す》りガラスだが、死角になる端《はし》のソファで事に及《およ》んだ場合、外からは中で何が行われているか見えない。

「失礼しまーす」

出来る限り屈託《くったく》ないように声を掛けてから、ドアを開ける。

目の前に飛び込んできたのは、胸元《むなもと》まで制服を捲《まく》り上げられて、男に押し倒《たお》されている女子高生の姿だった。いや、もしかしたらまだ中学生かもしれない。

覚悟《かくご》していたが、それでも驚《おどろ》いてしまう。さらに振り返った男の顔を見て、俺は二度驚く。

「あ」

俺の口から漏《も》れた小さな声に、女は慌てたように男を押し退《の》けて、床《ゆか》の上に投げ出されていたバッグを取った。それから男を一瞥《いちべつ》もしないまま、俺の体を押し退けるようにして出ていく。

はからずも、俺は男としばらく見つめ合った。

「君、この間の子か」

男はいなくなった女を追いかけることもなく、ソファに座り直した。

見たくもないが、偶然《ぐうぜん》目に入った男の股間《こかん》は少し膨《ふく》らんでいる。そこから目を逸《そ》らす。

選曲していない画面からは、新人アーティストの宣伝用のPVが流れていた。

「あんた……いつもこんなことやってんのかよ」

呆《あき》れながらそう言った。部屋には入らず、ドアは開けたままだ。

この男と密室で二人きりになるなんて、考えただけで虫酸《むしず》が走る。

男は先程《さきほど》の場面を見られたことに羞恥《しゅうち》を感じていないのか、ポケットからタバコを取り出してくわえた。シュッと音を立てて男がマッチを擦《こす》る。灯《とも》った赤い炎《ほのお》がタバコの先を少し焦《こ》がす。

「うちはそういうの、お断りだから。今度やったら警察呼ぶ」

俺の言葉に、男は喉《のど》の奥で低く笑った。

「宮本若菜っていうんだ？　この間の制服って、南高だよね？」

不意に男に名前を呼ばれ、はっとして胸元のネームプレートを摑《つか》むがもう遅《おそ》い。

「ここ、何時に終わるの？」

「あんたに関係ないだろ」

「教えてくれないなら学校で待ち伏《ぶ》せしちゃうよ」

ぎょっとして顔を上げると、面白《おもしろ》そうに笑った。

「それに若菜ちゃんさ、警察呼ばれたら困るの君なんじゃない？　俺、たぶん言っちゃうよ。君とお金払《はら》ってエッチしたって」

「は⁉　ふざけんなよ、誰《だれ》が」

吐き捨てると「あそこのラブホさぁ、入口のところに防犯でカメラ付いてるんだよね。調べたら若菜ちゃんと二人で入ろうとしてるところ映ってると思うなぁ」と口にする。

「実際は入ってねぇだろ」

「まぁ、でも入ろうとしたってだけでゲイのレッテルは充分《じゅうぶん》だよねぇ。お父さんお母さんとか、学校の先生とかに知られたら嫌なんじゃないの？」

思わず睨《にら》み付けると、男は「ははは」と声を立てて笑った。

「脅《おど》すのかよ」

俺の言葉に男は「若菜ちゃん、高校生なんだから女子高生の知り合いたくさんいるでしょ？可愛《かわい》い子紹介《しょうかい》してよ。まぁ、若菜ちゃんでもいいけど」と言った。

「で、バイト終わるの何時？」

「……十二時」

「じゃあ、それまで俺もここに居ようかな。バイト終わるまでに女の子、用意しておいてね。駄目だったら若菜ちゃんてことで」

男はそう言うと吸っていたタバコをもみ消した。

男の股間はまだ少し膨らんだままだった。俺は部屋を出て、そのままフロントに戻《もど》る。ドリンクバーの機械を掃除していた店長が「どうだった」と寄って来た。

「やろうとしてた所開けたんで、女が急いで出ていきました」

「うわ、ほんとに？」

店長が知らないって事は、女は外階段から帰ったんだろう。会計をしないで逃《に》げる客がいるので、一応逃走《とうそう》防止のための柵《さく》が設けてあるが、非常用も兼《か》ねた階段なので柵は簡単に乗り越《こ》えられる。

「で、その男の方は」

「……まだ上に居ます。歌って帰るって」

顔見知りだとは言わなかった。自分が脅された内容も口に出来ない。

「太いなぁ、神経が。そんなところ見られたら、俺だったら女の子より先に逃げるけど。っていうより、捕《つか》まるのが怖《こわ》くて今更《いまさら》学生には手出せないな～……」

フロントの奥に入ろうとすると、店長が「ご苦労様。裏に出てるタルト、ミスオーダーだから食べていいよ」と言った。

厨房《ちゅうぼう》には、冷凍《れいとう》のエッグタルトが置いてあった。すでに解凍されて皿に置かれたままのそれを、一口で口の中に放り込みながら、先程男に言われた台詞《せりふ》を考えていた。代わりの女は呼べないし、かといって自分が体を差し出すなんてぞっとする。

だけど警察や学校のことを持ち出されると、どうしていいのか解らない。

俺よりも未成年を買おうとした男に非があるのは当然だが、男に買われようとしたことがヌイさんにばれるのは絶対に嫌だった。

「本当に警察を呼ぶつもりか？」

男にとって、それはリスクが大きい気がした。けれど男がどんな人間か解らない。

本当に学校まで来るかもしれない。

一人で考えていると、途端《とたん》に電話が鳴り出す。赤く点滅《てんめつ》してる部屋番号のランプが先程の四〇八号室ではないことに安堵《あんど》する。

伝票に部屋番号を書いて、受話器を取った。カクテルとピザを頼《たの》む電話だった。オーダー通りに冷凍庫からそれを出して、レンジで解凍しながらカクテルを作る。

いつものように仕事をしながらも、頭の中で考えるのは先程の事だった。

そうこうしているうちに九時半に休憩《きゅうけい》の時間が来て、俺はスタッフルームに引き上げる。

部屋の隅《すみ》に折り畳《たた》まれているパイプ椅子《いす》を取り出したが、座っていても落ち着かなくて部屋の中を動き回った。このままではあと二時間と少しであの男と再び対峙《たいじ》するはめになる。

もし名前も学校も知られていないなら、暴力で問題を解決することも出来るが、個人情報をつかまれた今の状況《じょうきょう》で、それは逆効果だ。

どうすべきか解らないでいると、店長のデスクにある電話が目に入った。

迷いながらもそれを手に取る。記憶《きおく》している家の番号に電話を掛《か》ける。

『はい、宮本ですが』

ヌイさんの声にほっとして、知らず知らずに入っていた肩《かた》の力が少し抜《ぬ》けた。

事情は適当に誤魔化《ごまか》して、ヌイさんから化野の携帯《けいたい》番号を聞き出す。ヌイさんは固定電話と携帯の番号の違いが解らないから、と言って知っている二つの番号を教えてくれた。

一度電話を切ってから、化野の番号に掛ける。

繋《つな》がりますように、とじりじりしながら何度かコール音を聞いていると、不意に「はい」と化野の声が聞こえた。普段《ふだん》とは違《ちが》う、外面用の声に「俺、だけど……」と返す。

解るだろうか、と思いながら化野の返答を待っていると「若菜か？」と聞かれた。

「ああ、その……」

電話をした理由を説明して、男に対してどうすればいいのか、大人の化野に相談して……。

そんな風に漠然《ばくぜん》と考えていたが、いざとなると考えがまとまらずに、どこから話せばいいのか解らない。そもそもこんな情けない事情を話すのは気が引けた。

『どうかしたのか？』

いつもと同じ調子で、化野がそう問いかけて来る。

考えてみれば化野は友達でもなんでもない。それどころか、借金の件では迷惑《めいわく》をかけている。

そんな相手にこんな時間に電話して、自分のことを相談するなんて図々《ずうずう》しい。

「悪い、なんでもない……」

そう言って電話を切ろうとしたところで、化野が「若菜」と俺の名前を呼ぶ。

『何があった？』

もし俺に兄がいたらこんな感じなんだろうか。

黙《だま》っていても、化野は電話を切らなかった。だから俺は、たどたどしいながら状況を伝える。

男なんだから自分でどうにかしろと呆れられるだろうかとか、そんなことを俺に相談するなと鬱陶《うっとう》しがられるだろうかと懸念《けねん》はまだ残っていたが、話し終えると妙《みょう》にすっとした。

化野は俺の話を最後まで聞いてから「解った」と言った。

『バイトが終わるのは十二時なんだな？　その頃迎《ころむか》えに行くからそいつと一緒《いっしょ》に下まで降りてこい』

「迎《むか》えに来るって……なんで」

『こういうのは、一人で対処しないほうがいい』

心配するなと言って、化野は電話を切り上げた。時計を見れば、もう休憩時間も終わる。

具体的な解決策は何一つ聞けなかったが、それでも化野の「心配するな」という言葉を信じて、仕事に戻った。

十一時を過ぎた辺りから時計が気になっていた。終業十分前に俺はラストの掃除《そうじ》を終える。

「少し早いけど、今日はもういいよ」

店長と交替《こうたい》した副店長に労《ねぎら》われて、一足早くロッカーに戻る。

男の事を気にしながら服を着替《きが》えた。フロントに寄ってそれとなく四〇八号室のことを聞くと、副店長は「さっき出て行ったよ。店長がいってたけど、女子高生無理矢理《むりやり》連れ込んだって本当の話？」と聞いてきた。

俺はそれに頷《うなず》いて、驚《おどろ》いている副店長に「お疲《つか》れさまでした」と言って店を出る。約束なんて忘れて帰ってくれないかと願ったが、残念ながら男はビルの入口に立っていた。

俺が降りてくるのを待っていたのか、壁《かべ》に寄りかかりながらタバコを吸っている。近づいた瞬間《しゅんかん》、ヤニの嫌《いや》な臭《にお》いがした。化野が吸っているのは特に気にならないが、男が吸っているとタバコの煙《けむり》にすら嫌悪感《けんおかん》が芽生える。

「で、どうするの？」

男はにやにやと笑いながら聞いてきた。

俺はちらりと周囲を見回す。まだ化野の姿はない。

「女の子、見当たらないけど……君が相手してくれるわけ？」

「ふざけんな」

俺の方に伸《の》ばされた手を弾《はじ》く。

男のふやけた顔を見ていると、苛々《いらいら》する。後先考えずに手が出そうになる。

こんなところで男を殴《なぐ》って警察沙汰《ざた》にでもなれば、高校に話が行く。今度退学になったら、どこの学校にも受け入れて貰《もら》えないだろう。

解っていたが、触《ふ》れられるのは我慢《がまん》できなかった。この男に抱《だ》かれようとしていた自分が理解できないぐらい、嫌悪感が渦巻《うずま》いている。

「調子乗るなよ」

低く言いながら睨み付ける。一瞬《いっしゅん》、男の目の中に怯《おび》えが走った。

脅すつもりで拳《こぶし》を振《ふ》り上げると、不意にその腕《うで》が背後から掴まれる。

「暴力反対」

振り払《はら》えないほど強い力に、驚いて振り返るとそこには化野が立っていた。

掴む手を外そうと藻掻《もが》くと、化野はあっさり俺の腕を解放して、視線を男に向ける。

男は化野の顔を覚えていたようだ。先程《さきほど》よりも強い怯えが男の顔に走った。

「女性と遊びたいんですよね。どうぞ、ご案内しますよ」

「い、いや私は……」

何か言いかけた男の腕を、化野の背後からやってきた柄《がら》の悪い男達が掴む。

以前、夜の街で化野と一緒にいた連中だ。

「まぁまぁ、うちの店は優良店ですから、素人《しろうと》と違って遊んでも訴《うった》えられることはないですよ」

「女子高生はいませんが、大学生ならいますからたっぷり遊んでいってくださいよ。少し高いですけど、クレジット使えますし、近くにはATMもキャッシングコーナーもありますから」

ずるずると引きずられるように連れて行かれる男は、拉致《らち》されるように路上に停《と》まっていた車に乗せられて、あっという間にいなくなった。

ぽかんとして見ていると、化野が「仕事先と名前はちゃんと押さえて貰うように言ってあるから、もう手を出してこないと思うぞ」と事も無げに口にする。

「あの人達は……」

「ビジネスパートナー」

「……化野って」

どういう連中と付き合って居るんだ、と言いかけたときに手を引かれた。

「不動産業は揉《も》め事が多いから、色んな友達がいるんだ」

「ど、どこ行くんだよ」

繋いだままの手が恥《は》ずかしくて慌《あわ》てて解く。手はあっさりと外れた。

化野は気にした様子もない。

「どこって、帰るだろ？　送って行ってやるよ」

俺より先に歩き出す背中を見て、安心している自分がいた。

頼《たよ》りたいときに、頼れる誰《だれ》かがいる事に安堵している。

「化野っ」

「どうかしたか？」

思ったよりも大きな声が出て、周囲の通行人が俺に注目する。化野も驚いた顔で振り返った。

「あ……ありがとう」

俺の言葉を聞いて、化野はにたにたしたいつものむかつく笑顔《えがお》じゃなくて、ふっと花が咲《さ》いたような笑顔を見せる。好きじゃなくても、好きになってしまうような、そんな笑顔だった。

「どういたしまして」

じわり。胸が痛くなる。きっと今、心臓に矢が刺《さ》さった。

真っ赤になったまま、顔を上げられなくて俯《うつむ》いていると、化野の大きな手がぐしぐしと乱暴な仕草で俺の頭を撫《な》でる。

「そんな顔するなよ。もう終わったんだから」

そんなのされたら逆効果だ。顔を上げるまで撫でられそうだったから「触《さわ》んな」と言って、手を振り払って「先歩けよ」と自分のスニーカーの爪先《つまさき》を見ながら口にする。

「解った」

まるで小さい子の我が儘《まま》を受け入れてやるような口調でそう言うと、化野が歩き出す。その後ろをのろのろ付いて行く。繊細《せんさい》そうな顔をしているくせに、頼《たの》もしい背中が三歩先にあった。

振り返らないその後ろ姿に、気付かれないよう声に出さずに告白する。

当然、化野には聞こえない。ほっとしながらも、残念に思った。

期末テストが始まって、学校は早い時間で終わるようになった。

普段《ふだん》ならジロとだらだら学校で過ごすこともあるが、最近は「韓国《かんこく》株が予測不能」で忙《いそが》しいらしくチャイムと同時に学校を出て行く。ジロが居なければ学校で特に話す相手もいないので、このところ俺は真っ直《す》ぐ家に帰っている。

日の高いうちからガラリと店のドアを開けると、畳《たたみ》の上のヌイさんは「おかえり」と言いながら段ボールの中から次々と新しく着いた品物を取り出していた。

店に入荷したばかりの半幅帯《はんはばおび》には「本町《もとまち》様、お取り置き」と書いてある。

「若菜、ついでに持って行ってくれるかい？」

うちが扱《あつか》っているのは主に骨董《こっとう》品だが、ヌイさんは着物の方が詳《くわ》しいので新品の小物もいくつか馴染《なじ》みの業者から仕入れている。

その業者は京都にある老舗《しにせ》の呉服《ごふく》店らしく、一部の着物愛好家達の間では有名らしい。

大手のデパートにもテナントが入っていないので、関東で入手するとなったら通信販売《つうしんはんばい》しか手がないらしいが、やはり身に着けるものは実物を見たいというのが買い手の気持ちのようで、店には骨董目当ての客と呉服目当ての客が七対三の割合で訪《おとず》れる。

「ついでって、俺これから化野のところに行くんだけど」

「その宗介さんに届けて貰えればいいの。やっぱり本町さんは宗介さんのいい人みたいだから」

それを聞いて本町という客が、先日の地味な女だと解った。

いい人、という言葉に動揺《どうよう》したが、ヌイさんに悟《さと》られたくなくてわざとぶっきらぼうに「めんどくさい」と呟《つぶや》きながら、帯の入った紙袋《かみぶくろ》を受け取った。

袋《ふくろ》には濁《にご》った藍色《あいいろ》の地に白抜《しろぬ》きで暦青堂という屋号が入っている。色褪《いろあ》せてしまったような風合いだが、ヌイさんは「これが泥藍《どろあい》っていうんだよ」と無知な俺に以前教えてくれた。

俺はその紙袋とは別に、風呂敷《ふろしき》に包まれた箱を持つ。

中に入っているのは漆《うるし》の食器らしいが、詳しくは知らない。化野の知り合いに売るようだ。前から思っていたが、化野は不動産業よりも骨董屋《こっとうや》の方が向いてるんじゃないだろうか。この不況《ふきょう》に次から次へと客を見つけてくる手腕《しゅわん》はそこらの骨董屋以上だ。

商店街を抜《ぬ》けて、見慣れた古い店舗《てんぽ》が見えてきた時に、僅《わず》かに足が鈍《のろ》くなる。

化野には会いたいが、本町との関係は聞きたくない。それでもきっと化野に会ったら聞いてしまうんだろう。今日を逃《のが》せばそれとなく聞くためのチャンスは、そうないだろう。

のろのろと歩いていると、お茶屋のノボリが顔にばさりとかかる。それを払いのけて、ついでにじっとりと汗《あせ》を掻《か》いている額を拭《ぬぐ》った。

商店街の喧噪《けんそう》に紛《まぎ》れて、どこからともなく蟬《せみ》の声が聞こえてくる。急に持っている荷物が重くなった気がしたが、この荷物を渡《わた》さない限り帰れない。

意を決するように、所狭《ところせま》しと間取りを描《か》いたチラシが貼《は》られたガラス戸を開ける。

先代からずっとある古びた店舗の中では、そこかしこで大型の扇風機《せんぷうき》が回っていた。

時代を感じさせる薄緑《うすみどり》のファンが生暖かい風を掻き回す。

「あつ……」

外よりはましだが、中は中で暑かった。

俺の小声を聞いたのか、受付の近くに座っていた顔見知りの社員が「クーラーが壊《こわ》れちゃってね、修理の人が今週末じゃないと来れないっていうんだよ。これ、営業妨害《ぼうがい》だよな」と商店街の名前が入った団扇《うちわ》をハタハタと煽《あお》ぐ。

「今時手動はきついですね」

俺の言葉に社員はぐったりしたように頷《うなず》く。

店内に客はいなかった。他《ほか》には二人ほど社員がいたが、みんな忙しそうだ。

「社長なら、奥だよ」

団扇で隅《すみ》のドアをさされる。

そこは社長室ではなく、応接用の部屋だ。ちょっとした相談に訪れた客ではなく、大口の契《けい》約《やく》を結ぶ時や、お得意さまや大家さんに対して使われるのだと前に社員の誰かから聞いた。

「入っていいんですか？」

「大丈夫《だいじょうぶ》。来たら通せって言われてるから」

暑さにやられた、やる気のない声を聞きながらそのドアをノックする。

返答を待ってから開けると、部屋の中には化野の他に例の女が居た。まさか彼女が居るとは思ってても見なかった。今日はスーツ姿ではなく、水色のスカートを穿《は》いている。

「……頼まれたもの、持ってきたけど」

動揺を押し隠《かく》して、出来る限り女は見ずに風呂敷包みを掲《かか》げ、化野に視線を向けた。

「ああ、悪いな」

そう言って化野は俺から包みを受け取った。

「何が入ってるの？」

女は気安い口調で訊《たず》ねる。それに対して、化野は「見たいか？」と楽しそうに問いかけた。

彼女が頷くのを待って、化野は風呂敷を解《ほど》く。桐箱《きりばこ》を開けると、現れたのは漆の香炉《こうろ》だった。

それを見て女は木綿《もめん》のハンカチを取り出すと、それで香炉を包むように抱《だ》き上げる。

「近美《きんび》にある瀬居甲堂《せいこうどう》のものと似てるわね」

地味で大人しいと思っていたが、香炉を見る目は厳しい。

一瞬《いっしゅん》買い手なのかと思ったが、買い手が箱の中身を知らないわけがない。

「艶《つや》が鈍いけど、本物の漆なの？」

その言葉に「ヌイさんは漆って言っていたので、漆だと思いますけど」と、思わずむっとしながら口を挟《はさ》む。

黒光りする香炉は、どこからどう見ても漆だ。プラスチックの安物には見えない。

馬鹿《ばか》にされた気分でいると、女は慌《あわ》てたように「あ、そうじゃないのよ」と謝る。

先程《さきほど》まで厳しい口調だったが、俺に向かっては弱々しい声になった。

もしかしたら容姿で怯《おび》えさせているのかと思った時に、化野が「漆っていうのは、本物と偽《にせ》物《もの》があるんだ」と言った。

「宗介、その言い方は誤解を招くわ」

しかし女は即座《そくざ》に化野の言葉を否定する。

化野のことを「宗介」と呼んだ女に、思わず動揺してしまう。

「例えば、これなんだけど」

女はバッグの中から判子入れを取り出す。漆塗《うるしぬ》りのケースには流水紋《りゅうすいもん》と呼ばれる曲線が描かれ、その反対側には梅か桜の花が金で描かれていた。

「実は漆の木以外からも、こういう製品は作れるの。今日本では本物の漆よりも、同じウルシ科のカシューナッツから採れる樹脂《じゅし》を使った漆製品が出回っているから、それじゃないかと思って……。ごめんなさい、暦青堂さんの品物を疑ったわけじゃないんだけど」

女はそう言って小さく頭を下げる。

「人の店の品物にケチつけやがってって、言っていいんだぞ、若菜」

化野がそう言うと、女が拗《す》ねたような目で化野を睨《にら》んだ。

「いえ、こっちこそ、勉強不足ですみませんでした」

慌てて頭を下げ返すと、ほんの少し微笑《びしょう》を口元に載《の》せて女が俺を見る。

年上なのに、その顔を可愛《かわい》らしいと思った。同時に、少し嫉妬する。

可愛いのが羨《うらや》ましいなんて、俺はどうかしてる。

「あ、これ……本町さんにって」

俺が手に持ったままだった紙袋を差し出すと、中を覗《のぞ》き込んだ彼女は「ああ、待ってたの」と言って渋《しぶ》い色の帯を取り出して嬉《うれ》しそうに笑った。

「どうして私がここにいるのが分かったの？」

その言葉にどう答えて良《い》いのか解《わか》らなかった。平静を装ったまま「あなたが化野の恋人《こいびと》だと聞いたから、化野に渡して貰《もら》おうと思った」なんて言えない。だから首を傾《かし》げて誤魔化《ごまか》す。

「素敵《すてき》な色だと思わない？」

女が意見を求めると、化野は「少し地味じゃないか？」と否定的な感想を述べる。

「良いのよ。主役は着物なんだから」

普段は俺にしか見せないぞんざいな態度を、化野は女に対しても取っていた。そのことが二人の関係の親密さを表している気がする。やっぱり付き合っているんだろうか。

「あの綺麗《きれい》な青い着物に映《は》えるのは、こういう砂色の帯なのよ」

「もう手に入れる気でいるのか？」

「もちろんよ」

「俺の苦労も考えろよ」

「人の心を操《あやつ》るのは得意でしょ。それに、それぐらいしてくれてもいいんじゃない？」

女が小首を傾げると、化野は俺を見て気まずそうに視線を逸《そ》らす。

もしかして女と二人きりにしろという意味だろうか。

「……俺、もう帰らないと」

「なんだ？　飯でも奢《おご》ってやろうと思ったのに」

化野は意外そうに言った。それが演技じゃないなら、俺は視線の意味を読み間違《まちが》えたんだろう。邪険《じゃけん》にされていたわけじゃなかったと解れば嬉しいが、それでもこのまま三人で飯を食いに行く気分にはなれない。

化野の台詞《せりふ》に首を振る。

「私も、そろそろ」

てっきりこのまま化野とデートするのだとばかり思っていた女も、帰り支度《じたく》を始めた。

「また連絡《れんらく》するから」

女が立ちあがる。今までは座ったところしか見たことがなかったが、立ってみて驚《おどろ》く。身長は俺よりも少し高かった。足下《あしもと》はヒールなので、多少は底上げされているだろうが、それでも俺と同じぐらいだ。

「例の件、私のために頑張《がんば》ってね」

去り際《ぎわ》に口にした女の言葉に、化野が苦笑いする。俺はそんな化野に「じゃあ」と声を掛《か》けて部屋を出た。顔見知りの社員に二人で挨拶《あいさつ》して、成り行き上、女と一緒《いっしょ》に駅までの道を歩く。

「背、高いって思った？」

少しうち解けたのか、歩道を歩いているときに彼女の方から話しかけられる。

俺は、ぎこちなく頷いた。

男が背の小ささを気にするように、女が背の高いのを気にしているんじゃないかと思った。けれど慣れているのか、女は特に気分を悪くした風もなく「よく言われるの」と笑う。

「だから古い着物とか、着られないことも多いの。それに靴《くつ》によっては男の人の身長を追い越《こ》しちゃうし。だから、安心してヒールを履《は》けるのは宗介と会うときだけ」

くすりと笑って女が言う。惚気《のろけ》られたような気分で「化野とは長いんですか？」と訊ねる。

女は少し考えてから「学生時代からなの」と答えた。少しはにかむように微笑む。

そんなに長く付き合っているとは思わなかった。それなら砕《くだ》けた口調にも納得《なっとく》がいく。

「宗介って性格悪いでしょ？」

不意にそう言われて思わず返答に困る。確かに良いとは言えない。人のことを暇《ひま》があればからかってくるし、わざと挑発《ちょうはつ》してきたりする。けれど大人げない部分は確かにあるけど、いざというときは損得勘定抜き《そんとくかんじょうぬ》きで助けてくれる。

「嫌《いや》な奴《やつ》だけど、良い奴です」

俺がそう言うと、女は驚いたような顔をしてから「うん、そうなんだよね」と呟《つぶや》く。

「性格悪いのは一番上のレイヤーだけで、その下のレイヤーは意地っ張りで照れ屋、それで核《かく》の部分は優《やさ》しいんだよね。私以外に宗介のことそんな風にちゃんと知ってる人がいるなんて知らなかったな」

「猫被《ねこかぶ》ってますからね、あいつ」

いつも綺麗な顔と胡散臭《うさんくさ》い笑顔《えがお》と人を煙《けむ》に巻くような話術で、上手に世の中を渡《わた》ってる。

我が意を得たり、とばかりに女が頷《うなず》く。

「でもね、長く付き合って分かったんだけど、いつも被ってる猫を脱《ぬ》いじゃう相手ってあいつが気に入ってる相手なのよ。最初は嫌《きら》われてるのかと思って警戒《けいかい》してたけど、だんだんと気に入ってる相手をからかっちゃうタイプなんだなって、解ってきた」

「小学生のいじめっ子みたいですね」

「まさにソレね」

女はそう言うと、不意に目頭《めがしら》を押さえた。

「どうかしたんですか？」

「ん、ちょっと睫《まつげ》が引っかかってコンタクトがずれちゃったみたい」

足を止めて俯《うつむ》く。指で右の目袋《めぶくろ》の下辺りを押さえると、そこからポロリと涙《なみだ》がこぼれる。

「痛くて涙が出ると、余計にずれちゃうのよね」

コンタクトレンズに文句を言いながら、女はしばらく自分の目元と格闘《かくとう》する。そのうち右目だけでなく左目もずれたらしく、そっちも指で押さえている。

「ごめんなさい、直してから行くから先に行ってくれる？」

女がそう言って、ハンカチを取り出す。

「あの……」

化野とうまくいってるんですか？

そう聞こうとしたが、聞けなかった。何となく女が泣いているのはコンタクトじゃなくて化野に原因があるような気がした。

歩道で立ち止まっていると、後ろから来た通行人が俺達を避《さ》けるように、流れていく。

「何？」

優しく促《うなが》すように女が首を傾げた。

だけど結局言葉が出てこなくて「すみません。なんでも、ないです」と口にする。

「そう。あ、これ、わざわざ届けてくれてありがとう」

うちの紙袋を軽く掲《かか》げてからふわりと女は笑って、フレアのスカートに風をはらませながら俺に背を向ける。ひらひらと裾《すそ》が舞《ま》った水色のスカートがやけに目に焼き付いた。

先ほど問いかけそうになった質問を胸の裡《うち》で反芻《はんすう》して、その内容の馬鹿《ばか》さ加減に呆《あき》れる。うまくいっていなかったら、自分にチャンスがあるとでも思ったのか。馬鹿か。

自虐《じぎゃく》的にそう思って、俺は一人で駅に向かう。

改札を抜《ぬ》けながら、自分が化野のことを何も知らないのだと今更《いまさら》気付いた。

それからあの夜を未《いま》だにしつこく覚えているのは、俺だけだということにも。


青いペンキの剝《は》げ掛かった縁《ふち》に座りながら、俺とジロは学校のプールにぶらぶらと足を入れて暑さを紛《まぎ》らわす。膝《ひざ》まで折った灰色のズボンの裾は少し濡《ぬ》れたが、涼《りょう》を取る方が大事だ。ぎらぎらと目に痛いぐらい太陽の日差しを反射した水面が、僅《わず》かな風で揺《ゆ》れていた。

明後日《あさって》で学校は夏休みに入る。

赤点は取らなかったので補講はない。部活もやっていないから、ずっとバイト三昧《ざんまい》になるだろう。

ジロはテストの解答用紙で作った紙ヒコーキを飛ばす。しかし手元が狂《くる》ったのか、百点満点の点数がついたそれは遠くに飛ばずに頭上で一回転して、わりと近くの水面に胴体《どうたい》着水した。

俺の点数に関していえば、生物を除いて全部八十点以上を取っている。事前に試験に使う問題がプリントで配られれば、一夜漬《いちやづ》けでも誰《だれ》だってそれぐらい取れる。けれどジロは事前に配られたプリントでの予習もなしに、全教科満点だ。

「金儲《かねもう》けにばっかり夢中だったくせに、点数が良《い》いってどういうカラクリだよ」

カンニングしているとは思えない。そういう面倒臭《めんどうくさ》そうなことがジロは嫌いだ。

「テストなんか楽勝だろ。問題は先物だよ。とうとう俺の資産は三分の一まで減ったよ。不純な予測が空回りだよ。このまま下がり続けたらいつかゼロになってマイナスになる」

ははははは、笑えよ。とジロはうつろな目をして言った。

「……お疲《つか》れ」

「これも社会勉強だと思っておくよ」

ジロはそう言うと「何もかもアメリカが悪いんだ」と逆恨《さかうら》みめいたことを口にしながら、三つ目のヒコーキを飛ばす。それはよく飛んだ。途中旋回《とちゅうせんかい》してプールサイドに着陸する。

「そういえば、片想いの相手には告白したわけ？」

キラキラ光を弾《はじ》く水面を見ながら、ジロは大した興味もなさそうに言った。

「してない」

「なんで⁉　お前もっとバーバラ・松本のことを信じろよ」

「逆になんでお前はバーバラのことそんなに信じてんだよ。そもそもバーバラって本名なのかよ。俺はそこすら信じられねーよ」

「進展なしかよ」

「お前何で応援《おうえん》してくれんの？　男同士は反対じゃなかったのか？」

「反対って言うか、純粋《じゅんすい》に疑問は感じてるよ。ちんこより絶対おっぱいのほうが良いとは思うけど……ミヤは俺を信頼《しんらい》して打ち明けてくれたわけだし。大事な友達だし。なんか面白《おもしろ》いし」

「……最後の一言は胸に仕舞《しま》っておけ」

俺がそういうと、ジロは俺の胸ポケットにメモを無理矢理《むりやり》押し込む。

「仕舞うのはお前の胸で、俺の胸じゃねーよ」

そう言いながら、メモを取り出す。四つ折りになったそれはメモというか、答案の裏紙だ。

「俺の携帯《けいたい》番号と住所。遊びたくなったら電話してよ。とりあえず七月中は国内にいるし」

「八月は？」

「チケとれたらたぶんヨーロッパかオセアニア辺りでバケッてる」

「優雅《ゆうが》だな」

「バックパッカーなんで優雅とはほど遠いけど、まぁ出会い目的で楽しんでくるよ。イタリアは良かったぜ。美女がごろごろいて、しかもみんなのりが良くて」

思い出すようにジロが少し遠い目をしてにやにや笑った。気持ち悪い。

「お前の出会いってそれかよ」

「俺が英語を学んだのは、世界中で俺を待ってる女の子のためだ」

「なんでお前みたいな奴が頭良くて金持ちで、なおかつ学校中から恐《おそ》れられてんだよ」

「うちの学校の七不思議の一つだな。金持ちに関しては先物がやられた今は些《いささ》か疑問だけどな」

「他《ほか》の六個はなんだよ」

「それはお前が考えろ」

ジロはちゃぽん、と音をさせ水面を蹴《け》った。小さな水飛沫《みずしぶき》が上がって、俺の膝に水が飛ぶ。水分を含《ふく》んで重くなり、底に沈《しず》んでいった紙ヒコーキを見つめる。

応援されたところで、動けない。告白なんてしたくても出来ない。すれば何か変わるのか。顔を上げると、真っ直《す》ぐ降り注ぐ強すぎる光に目眩《めまい》がした。いっそ俺もこの気持ちごと紙ヒコーキみたいに、重くなって深いところまで沈んでしまいたい。


家に帰ると数日ぶりに化野が来ていた。

しかもジャケットを脱いで階段横の物置を整理している。

「何してんの？」

化野が振《ふ》り返った。この暑いのに汗《あせ》一つ浮《う》かんでいない顔は、しかしやや疲れ気味だった。

「黒天目《くろてんもく》に白化粧《しろげしょう》がされた一輪挿《いちりんざ》しがあったはずなんだが、知らないか？」

「黒天目って何？」

「……俺が悪かった」

聞いたことを後悔《こうかい》するような顔で、再び黙々《もくもく》と作業を再開する。

その態度にむっとしながらも、俺も化野を手伝う。物置の中は埃《ほこり》っぽい。蜘蛛《くも》の巣《す》の残骸《ざんがい》めいた物が指先に絡《から》まり、嫌な気分になった。

吸い込んでしまった埃に、思わず咳《せ》き込む。口の中が粉っぽくなって、気分が悪い。

「ヌイさんは？」

「今日は芝居《しばい》に行ってる。だからお前の夕飯は俺が面倒《めんどう》を見ることになってる」

「面倒って、あんた俺の父親かよ。それよりなんでヌイさんのいないときにこんな大掃除《おおそうじ》やってんだよ」

「月曜に見せると相手方に話をつけてるんだ。確かあったはずなんだけどな」

化野はそう言いながら、近くに積み上げられていた木箱を傾《かたむ》ける。

その瞬間《しゅんかん》、上に載《の》っていた小さな箱が揺れた。

声をあげる間もなく、それらが俺の頭上に落ちてくる。

「っ」

咄嗟《とっさ》に腕《うで》で頭を庇《かば》う。右腕にぶつかった箱がガチャンと音を立てて床《ゆか》に転がった。

その音に慌《あわ》てる。

一体いくらの何を壊《こわ》したんだ、と青くなって箱を開けると中に入っていたのは黒と白のグラデーションが美しい小さな丸い花瓶《かびん》だった。

もしかして探していた物だろうかと顔を上げると、化野が俺の腕に唇《くちびる》を押し当てた。

舌の柔《やわ》らかな感覚に動揺《どうよう》して思わず目を見開く。

「痛くないか？」

「何、が？」

「皮膚《ひふ》が裂《さ》けてる」

言われて見れば、化野が触《ふ》れていた所は薄《うす》く皮膚が切れていた。血も確かに滲《にじ》んでいるがかすり傷程度でそれほど深くない。一日もすれば治ってしまいそうな些細《ささい》な傷だ。

「俺は、平気だけど……これ」

「割れちゃったな。悪い」

化野はそう言って謝ると、欠片《かけら》の一つを手に取る。

「高いのか？」

「値段はそれほど高いものじゃない。でも、良い物だったから」

「悪い、俺が受け止めてれば」

「落としたのは俺だ。とりあえず、漆《うるし》で継《つ》いで金をつけるか、共継ぎにするかしないと、このままじゃ可哀想《かわいそう》だよな」

化野は欠片を拾って箱の中に入れる。

「直せるのか？」

「ああ、粉々になったわけじゃないから。これは俺が買い取るよ」

「化野が直すのか？」

見てみたいと思ってそう訊《たず》ねると、化野は小さく笑って首を振る。

「素人《しろうと》には無理だ。継ぎ物専門の人がいるからその人に頼《たの》む」

化野はそう言うと、箱を仕舞う。

不意にその目が自分の腕を見ていることに気付いて、慌てて傷口を掌《てのひら》で隠《かく》す。また舐《な》められたら、きっとどうしていいのか解らなくなる。

俺のその反応に化野が笑う。

「シャワー浴びてこいよ。夕飯作っておいてやるから」

「あんたが作るの？」

「これでも一人暮らし歴は長いからな」

「ふーん」

化野が作る料理に興味を覚えながら浴室に行く。二人きりで家にいるのは、落ち着かなかった。フックに掛けたシャワーから降り注ぐ水流に向かって口を開ける。温かいお湯が口の中に入り込んでくる。埃っぽくなっていた口内を漱《ゆす》いで、吐《は》き出す。

髪《かみ》を洗いながら、必要以上にどきどきしている自分に気付く。

濡《ぬ》れた心臓の上にぺたりと手を当てれば、馬鹿《ばか》みたいに高鳴っている。

「やばいよな」

そう思いながらも、項垂《うなだ》れたそれに躊躇《ためら》いながら手をかけた。軽く扱《しご》くとすぐに硬《かた》くなる。

すぐ向こうの台所には化野がいて、すでに料理に取り掛《か》かっているかもしれない。

聞こえるわけもないが、荒《あら》い息づかいが聞こえたらどうしようとか、擦《こす》る音がばれたらとか、そんなことを恐れてしまうのに手が動く。

刺激《しげき》的なシチュエーションだと思う自分の変態さ加減に呆《あき》れた。

「っ」

荒い息を飲み込んで、想像する。思い出す。

化野の手の動きが、じわりと脳裏《のうり》を掠《かす》めて、腹の底に熱が宿る。

「ン」

片手を青いタイル張りの壁《かべ》に突いたまま、もう片方の手で自分のそれを弄《いじ》って目を閉じる。

頭に当たるシャワーが、そのまま額を伝って顔に流れて、薄く開いた唇から入ってきた。

それをごくりと飲み込みながら、先細りの性器を掌に擦《なす》り付けた。

「っ……は」

化野はどんなふうに触れていた？　どんなふうに手を動かしていた？

そんなことを思いながら目を瞑《つぶ》っていると、不意に絶頂が近づいた。知らず知らず力が入って、壁についた指先が白くなる。

タイルについた腕の、赤い傷に気付く。その場所に化野が唇で触れていたのを思い出して、同じ場所に自分の唇を押しつけた。

「あだしの……っ」

限界の一線を越《こ》える瞬間は呆気《あっけ》なくやってきて、白濁《はくだく》したそれがタイルに飛んだ。

「はぁ」

終わってしまえば虚《むな》しく、先程《さきほど》まで手にしていた快感は波に攫《さら》われるように消えてなくなる。シャワーヘッドを摑《つか》んで、壁に伝うそれを洗い流す。

体を洗ってからさっさと風呂場《ふろば》を出た。洗濯機《せんたくき》の横に置かれた籠《かご》の中から、いつものように乾《かわ》いたタオルを取り出す。体を拭《ふ》いてから自分が着替《きが》えを持ってこなかったことに気付く。

普段《ふだん》なら腰《こし》にタオルを巻いて二階に行って着替えるが、風呂場からは脱衣《だつい》所を挟《はさ》んで台所に出る方法しかない。増改築を繰《く》り返された家は少し変な造りになっている。

化野の前にタオル姿で出るのかと考えたら、途端《とたん》に体がかあっと熱くなった。

先程まで着ていた制服を着ようにも、風呂に入るときに洗濯機に入れてしまっている。洗濯機の中は昨日の残り湯が入っているので、制服はすでにびしょびしょだ。これを着て出て行くのは不自然すぎる。

「男同士なら、普通《ふつう》……」

そう自分に言い聞かせながら、腰にタオルを巻いた。

こんなことで緊張《きんちょう》している自分が馬鹿らしい。意を決して脱衣所を出ると、化野は居なかった。物置の中から音がしているから、まだ掃除《そうじ》が終わらないのかもしれない。

ほっとして、階段を上がる。自分の部屋で着替えてから台所に向かうと、化野がお湯を沸《わ》かしていた。

「手料理って……素麺《そうめん》じゃん」

まな板の上に出されている乾麺《かんめん》のパックと、ペットボトルに入っているヌイさんお手製の麺つゆを見てそう言うと、化野は「たまにはいいだろ」と口にする。

「あんたはたまにかもしれないけど、俺はこのところ毎日これだよ」

ヌイさんは昼も素麺を食べているらしい。何故《なぜ》年寄りはうどんやそば、素麺といった麺類が好きなのか、未《いま》だに解明できていない。

ややうんざりしながら刻まれた干ししいたけの浮《う》いている麺つゆを見ていると、化野が「じゃあ天ぷらでも付けるか？」と言い出す。なんで「じゃあ」になるのか解らない。

「……それぐらい俺でもなんとかなるから、あんたも風呂入ってくれば？」

白いシャツの肩《かた》の辺りが汚《よご》れているし、俺よりも物置に居た時間の長い化野の方がほこりっぽいに違《ちが》いない。それに今日はいつもよりも暑いので、さっさと汗《あせ》を流したいんじゃないだろうかと思ってそう口にする。

「着替えがないだろ」

「浴衣《ゆかた》なら店にあるけど」

普段は置いていないが、この時季は店先に新品の浴衣が並んでいる。

「お買いあげどうも」

俺がそう返すと、化野は「仕方ない。売り上げに貢献《こうけん》してやるか」と言って店の方に向かった。戻《もど》ってきた化野の手には黒い浴衣がある。

俺は沸騰《ふっとう》したお湯の中に乾麺を入れた。天ぷらは冷蔵庫の中にあった野菜や魚を揚《あ》げる。ゆであがった素麺は、竹のザルにあけて水にさらした。

ヌイさんの作った麺つゆをガラス碗《わん》にうつす。いつもヌィさんがするみたいに、ネギと梅干しと青紫蘇《あおじそ》を刻んで入れ、氷を追加した。俺は梅干しが苦手なので、ワサビだけを入れる。

テーブルに運ぶ頃《ころ》には、化野が風呂から出てきた。

湯上がりの格好に思わずどきりとしたのは、濡れた髪の化野を見るのが初めてだったからだ。少しだけ上気した頬《ほお》がいやらしく思えて、視線を逸《そ》らす。同じ男の色気にやられているなんて、自分でもどうかしていると思う。

「若菜？」

「あ、なんでも……ない」

ゆるく重ねられた合わせ目から肌《はだ》が覗《のぞ》く。

見ないようにして、冷蔵庫を漁《あさ》る。そう言えば化野は焼き肉屋でビールを飲んでいた。けれど冷蔵庫の中に酒の類《たぐい》はない。

「麦茶ぐらいしかないから、買ってこようか？」

まだ近所のスーパーは余裕《よゆう》で開いている。普通の家からすれば早い夕食だ。

ヌイさんと暮らし始めた当初は俺も戸惑《とまど》ったが、今ではこの時間に慣れてしまった。

「それでいい」

狭《せま》い居間で、化野は胡座《あぐら》をかいて座る。

裾《すそ》が割れるのが見えて浴衣なんて無防備なものを提案すべきじゃなかったと後悔《こうかい》した。

それと同時に男の肌にいちいち反応している自分が変態じゃないかと悲しくなる。

「お前に料理が出来るとは思わなかったな」

塩を振《ふ》った天ぷらを食べながら、化野が言う。

「料理は出来ない。茹《ゆ》でて揚げるぐらいは出来るけど」

夕食の支度《したく》を手伝うこともあるが、俺は切って焼くか煮《に》るだけで、味付けはヌイさんに任せている。

「充分《じゅうぶん》だろ」

そう言って化野が素麵に箸《はし》を付ける。

俺は出来る限り化野を気にしないふりをして、氷の入ったグラスに麦茶を注ぐ。俺の平常心はこの氷ぐらい硬《かた》いはずだ。

不意に化野が伸《の》ばした足が、俺の膝《ひざ》にぶつかった。

同時にグラスの中で、ピキっと音を立てて氷にひびが入る。

「悪い」

「……別に」

静寂《せいじゃく》が悪いんだと思って、テレビを点《つ》けた。

小さいテレビの中からは夕方のニュース番組が流れている。

殺人事件の速報を伝えた後で、政治関係の話題に切り替《か》わっていた。画面には国会議事堂の様子が映り、次いで政治家とその秘書が画面に映し出される。

『贈賄《ぞうわい》に関《かか》わっているというのは本当でしょうか⁉』

『大臣、お答え下さい！』

群がるキャスターやカメラから逃《に》げるように議員が歩く。その横を硬い顔をして歩いている奴《やつ》がいた。問題になっている大臣の秘書だ。

久しぶりに顔を見た。灰色のスーツに、黒縁眼鏡《くろぶちめがね》の冴《さ》えない男。

今回の贈賄の件で泥《どろ》を被《かぶ》る第一候補だ。俺みたいな奴でも、こういう事件が「秘書が勝手にやった」ことにされるぐらいは知っている。だけど、同情は湧《わ》かなかった。

父親といっても俺の物心つく前に母親とは離婚《りこん》しているし、正直本当に血の繋《つな》がりがあるのかも疑わしい。身長は、確かにこいつのDNAを引き継《つ》いでしまったような気もするけれど。

「死ねばいいのに」

思わず口から漏《も》れた言葉に、化野の手が止まるのが見えた。

はっとして、チャンネルを切り替える。テレビ局が替わり、映し出されたのは海の映像だった。旅番組らしく、海沿いの安いホテルが紹介《しょうかい》される。わざとらしく安い宿泊料《しゅくはく》に驚《おどろ》く芸人を見ながら、誤魔化《ごまか》すように素麺をすすった。

化野は何も言わない。だから俺も黙《だま》っていた。途端に食事が気まずくなったような気がする。

食事が終わり、化野が食器を片付ける頃には、テレビはクイズ番組に切り替わっていた。

「ヌイさん、何時頃《ごろ》に帰ってくるって言ってた？」

「さぁな。でも歌舞伎《かぶき》だから九時には終わるんじゃないか？」

まだ陽《ひ》が完全に落ちていない外を見やる。

帰って来るまで暇《ひま》だと考えていると「酒でも飲むか？」と聞かれた。

「………俺、未成年だけど。それにうちに酒なんかないけど」

三年前に亡《な》くなった耕造さんは酒豪《しゅごう》だったようだが、ヌイさんは酒を飲まない。俺も、この家に来てからは手を付けていない。家にあるのは料理酒だけだ。

「なら、買いに行くか」

「あんた、帰らなくていいの？」

不動産屋の社長って、もしかして暇なんだろうか。

「俺はお前の面倒《めんどう》を見るように頼《たの》まれたからな」

嬉《うれ》しいが、二人きりは困る。一緒にいたら余計に居たたまれなくなりそうで「行ってらっしゃい」と化野を送り出す。

「お前も行くんだよ」

「は？」

「アイス買ってやる」

「子供かよ」

「子供だろ」

「じゃあその子供にあんなことしたあんたは……」

そこまで言いかけて、自分で墓穴《ぼけつ》を掘《ほ》った事に気付く。触《ふ》れたくない話題に自ら触れた。

慌《あわ》てて言葉を飲み込んだところで、化野が「そうだったな」と呟《つぶや》く。

先程《さきほど》までの気安い態度が嘘《うそ》の様に硬い顔をした化野が嫌《いや》で、慌てて鍵《かぎ》を持って玄関《げんかん》に向かう。

「行くならさっさと、行こうぜ」

靴《くつ》に足を突《つ》っ込むと、化野は俺の頭をぐしゃりと撫《な》でて「悪かったな」と口にした。

「別に、アレは……アレは俺が悪い」

俯《うつむ》いたままそう口にする。外に出て戸締《とじ》まりをしてから店のドアに掛《か》かっていた「商《あきな》い中」の札を裏返そうとして、それがすでに裏返っていたことに気付く。

ヌイさんは勝手に今日を休業日にしたようだ。道楽でやっているような商売だから、それもありなのかもしれない。実際お客が店に来ても、俺ではろくな応対が出来ないだろうし。

化野と並んで歩きながら、聞き覚えのないカラコロという音に振り返ると、化野が下駄《げた》を履《は》いていることに気付く。

「これも買うよ」

視線に気付いた化野が答える。確かに浴衣に革靴《かわぐつ》は格好《かっこ》悪《わる》い。

「毎度どうも」

向かったのは、商店街にある酒屋だった。化野はそこで冷えた瓶《びん》ビールを三本も買う。

「缶《かん》でいいじゃん。瓶だと重いだろ？」

俺がそう言うと、酒屋の店主が「あー、若い連中は何も解っちゃいねぇ」と首を振る。

店主に瓶の良さを語られてから店を出ると、化野は家とは反対方向に歩き出す。

「どこに行くんだよ」

「アイス食うだろ？」

「……マジだったんだ」

二人で商店街の外れにある喫茶店《きっさてん》に入った。時々店に来る男がどうやらそこのマスターだったようで、俺の顔を見ると「あれ、ヌイさんところの」と意外そうな顔をした。

軽く頭を下げて、受け取ったアイスクリームを舐《な》める。

喫茶店を出てから、裏道を通って家に帰るまでの間に、空の色が変わっていった。

赤とオレンジ、それに紫《むらさき》を足したような色で染まる夏雲を眺《なが》めて歩く。

「美味《うま》い？」

聞かれて頷《うなず》く。濃厚《のうこう》なバニラの味がする。子供よりも大人が好きそうな味だった。

「一口」

そう言った化野が了解《りょうかい》も得ずに、側面に口を付けた。

「っ」

不意に近づいた顔に焦《あせ》って、勝手に頬《ほお》に血が上る。

「大人なんだから、食いたいなら自分の分買えば良かっただろ？」

言い訳混じりにそう口にする。これは間接キスになるんじゃないかと思いながら、化野が口を付けていない方を舐めた。

「結構甘いな」

悪びれずにそう言って、俺の戸惑《とまど》いなんて構わずに話題を変える。

アイスクリームを食べ終わる頃《ころ》には、街灯が灯《とも》り始めた。

そういえば昔、幼稚園《ようちえん》に通っていた時に母親とこんな風に歩いて帰ったことがある。

母親は会社員だったから、滅多《めった》に送り迎《むか》えはしてくれなかった。

幼稚園のバスで母方の祖母の家に行って、母親が帰ってくる頃を見計らって祖母が自転車の後ろに俺を乗せて家まで連れて行ってくれていた。

あのときは、なんで迎えに来てくれたんだっけ？

「若菜？」

立ち止まった俺に、化野が声を掛ける。

「どうかしたか？」

「……なんでもない」

知らず知らずゆっくりになっていた足を動かす。化野に追いついた時に、思い出した。

俺が幼稚園で熱射病にかかったんだ。それで救急車で病院に運ばれて、いくつか検査をしてから、早退して迎えに来てくれた母親と一緒《いっしょ》に家に帰った。

そういえばその時、今みたいにアイスクリームを買って貰《もら》った。

食べきれなくて、母親と半分ずつ食べた。あのとき母親は会社の制服を着ていて、スーパーの買い物袋《ぶくろ》を持っていた。細かい事まで蘇《よみがえ》ると、急に切なくなる。

もう会えないんだ、と胸が締《し》め付けられた。闘病《とうびょう》生活が長かったから、覚悟《かくご》はしていた。

だからすぐに立ち直れたのに、今こうしてタイムラグみたいに彼女の死を実感する。

「……気分でも悪いのか？」

再び俯き、足を止めた俺に化野が話しかけてきた。無言で首を振《ふ》ると、顔を覗《のぞ》き込まれる。

「別に、ちょっと……思い出しただけだから」

俺は潤《うる》んだ目の理由を口にして、化野の視線から逃《のが》れる。

母親が死んで、誰《だれ》に聞いたのか親父《おやじ》が来て、葬儀《そうぎ》会社を手配した。葬式では、何も解らない俺に代わって、初めて会う母親の会社の人が色々と手伝ってくれた。縁《えん》の薄《うす》い親戚《しんせき》が来て、今後の事を聞かれたけど、俺は小さな子供のように「解らない」と首を振った。

葬式が終わる頃に、父親が来て俺を引き取った。鼻の奥が嫌な感じに痛んだけど、涙《なみだ》は出なかった。だから俺は自分がとても薄情《はくじょう》な人間なんだと思った。

「手を繋《つな》いで、アイスクリーム食べたな、とか。スーパーのお菓子《かし》が欲しくて暴れたな、とか」

ガキか、と内心で呆《あき》れる。母親のことを思い出してめそめそするなんて。

ヌイさんの前でも、泣いたことはない。人前で泣くなんて恥《は》ずかしい。

だけどもうすでに化野にはみっともない所をたくさん見られていると気付いたら、不意にぼろっと涙が出てきて、掌《てのひら》でそれを拭《ぬぐ》う。慌てていると、手を化野に取られた。

化野はそのまま歩き出す。俺も化野に合わせてのろのろ歩いた。

両手で隠《かく》せない代わりに俯く。にじみ出すそれを繋がれていない方の手で隠す。家の近所で泣きながら手を引かれているなんて、出来れば誰にも見られたくない。

あのとき泣けなかった自分を、ずっと責めていた。今更《いまさら》涙が出ることにほっとした。母親の死で途切《とぎ》れていた頭の中の回路が、ようやく繋がった気がする。

「俺も親父が死んだ時は泣いたよ」

化野はそう言って、俺が泣くことの言い訳を作ってくれる。

夕暮れ、滲《にじ》んだ世界。瞳《ひとみ》に染《し》みる、赤い太陽。黄昏《たそがれ》の茜色《あかねいろ》を寂《さび》しいとは思わない。それどころか、なんだか温かな気持ちになるのは、この光の中を大切な人と歩いた記憶《きおく》があるからだ。

いつかもっと大人になっても忘れないように。

強くもなく弱くもない力で繋がれた手から、じわりと優《やさ》しい熱が染み込んでくる。

そうか。化野の前だから泣けたのか。

気付いてしまえばもう、これ以上自分の気持ちを隠すことは出来ないと思った。


夜の十時を過ぎて、家に帰ってきたヌイさんは上機嫌《じょうきげん》だった。

俺にはさっぱり解らないが「復讐《ふくしゅう》を誓《ちか》う忠誠心とは裏腹に、主君の仇《かたき》と衆道に陥《おちい》る様がとってもよかったわねぇ」とうっとりと歌舞伎の演目について語っている。

まったく話が理解できない俺を放って置いて、ヌイさんは内容を細かく説明した後で、代行を呼ぼうとしていた化野を引き留めた。

「良かったらもう遅《おそ》いですから泊《と》まっていってください。あの人の部屋があいてますから」

化野はヌイさんの誘《さそ》いを断りかねて、結局泊まることになった。

ヌイさんは風呂《ふろ》に入ってすぐに眠《ねむ》ってしまったが、俺と化野は居間でだらだらと話をする。汗《あせ》を掻《か》いたらしく化野はもう一度シャワーを浴びた。俺はその間に布団《ふとん》を敷《し》くために耕造さんの部屋に入ったが、すでに布団はヌイさんの手で敷かれていた。部屋の中は少しカビ臭《くさ》かった。

しばらくして風呂から上がった化野と入れ替《か》わりに、洗面所に入って歯を磨《みが》いた。

「若菜」

自分の部屋に入ろうとしたところで、化野に呼び止められる。

化野は先程《さきほど》とは違《ちが》う浴衣《ゆかた》を着ていた。それもヌイさんが用意したらしい。新品ではないようだが店では見たことがないので、耕造さんの物かもしれない。

「何？」

「……この部屋、寝苦《ねぐる》しそうなんだけど。下で寝《ね》たらまずいか？」

骨董《こっとう》は耕造さんの趣味《しゅみ》でもあった。そのため耕造さんの部屋にも骨董が溢《あふ》れている。特に床《とこ》の間に飾《かざ》ってある物は迫力《はくりょく》満点だ。ヌイさんは形見の品だと言うが、俺も最初に見たときは怖《こわ》かった。

「さすがにあんなにおどろおどろしい甲冑《かっちゅう》の横で寝るのは嫌《いや》だ」

床の間には、存在感のある鎧甲《よろいかぶと》が置かれている。黒と赤の鎧《よろい》には般若《はんにゃ》をかたどった面がつけられ、人毛とおぼしき髭《ひげ》まで付いている。その手には使用済みで刃《は》こぼれを起こしている薙刀《なぎなた》が握《にぎ》られていて、布や紐《ひも》の部分には血なのか汚《よご》れなのか判別がつかないシミがある。

関ヶ原の合戦でどこかの武将が使用した物だと、以前ヌィさんは自慢《じまん》げに言っていた。

「化野もああいうの、怖いのか」

「幽霊《ゆうれい》の類《たぐい》は信じてないが、さすがにあれは嫌だ」

男らしいほどきっぱりとそう言った化野に、思わず笑う。

「だったら俺の部屋で寝れば？　布団、下に降ろすの大変だから」

「……いいのか？」

その問いかけに小さく頷《うなず》く。二人で化野の布団を俺の部屋に運んで、それから電気を消す。

俺は自分の布団に入り込んで、出来るだけ化野の事を考えないようにした。

自分の気持ちを告げてしまいたかったが、いざとなるとそんな勇気はなかった。躊躇《ためら》う内にずいぶん時間が経《た》ってしまって、恐《おそ》らく化野は寝てしまっただろう。

瞑《つぶ》っていた目を開けて、化野の方へ寝返《ねがえ》りを打つ。

部屋はそれほど暗くなかった。月あかりが室内を照らしている。眠っている化野の横顔に目を奪《うば》われた。

卑怯《ひきょう》なのは解っている。それでもベッドから降りて、引き寄せられるように唇《くちびる》を寄せた。

躊躇《ためら》ってから、ゆっくりと頬《ほお》に唇で触《ふ》れる。化野は起きなかった。だから唇にも触れた。

その途端《とたん》ぱちりと目を開けた化野に、慌《あわ》てて体を退くと腕《うで》を取られた。

「っ」

「……若菜」

化野を見つめたままパニックになっていると、ゆっくりと確かめるように頬を撫《な》でられた。

その掌に嫌悪感《けんおかん》がないことを知って、勇気づけられるように想《おも》いを告げる。

「俺……二番目でもいいんだ」

日差しの中を翻《ひるがえ》った水色のスカートが頭を掠《かす》める。

「暇《ひま》な時に思い出して貰えたら、呼んでくれたら俺いつでもすぐに行くし……我が儘《まま》とかもう言わないから」

彼女に勝とうなんて思っていないし、恋人《こいびと》になれるとも思ってない。

ただこうして、触れ合えたら嬉《うれ》しい。

「だから……化野に触《さわ》りたい」

あの日のことを後悔《こうかい》していた化野の姿を見ているから、抱《だ》いて欲しいとは言わない。

けれど少しだけでも良《い》いから、こんな風に触れられたら切ない気持ちを紛《まぎ》らわせることが出来る。手を引いて貰えるだけで嬉しかった。好きだと思った。もう一度繋ぎたい。

心臓がやばいぐらいに脈打つ。死にそうだ。

「二番目でいいなんて、意外としおらしいことを言うんだな」

化野の唇が頬に触れ、手を腰《こし》に回されて引き寄せられる。

化野の体を跨《また》ぐようにされて、焦《あせ》って体を起こそうとするが叶《かな》わない。

「誤解がないように言っておくけどな、子供は趣味じゃないんだ」

化野のその言葉に、胸が痛む。

「わ、かってる」

俯《うつむ》くと溜《た》め息が聞こえた。言わなきゃ良かったと思うが、今更退《いまさらひ》けない。

「それでも、お前が見せる子供っぽい仕草に欲情《よくじょう》する。ちっちゃい舌で一生懸命《いっしょうけんめい》アイスなんて舐《な》めた後に、涙目《なみだめ》で見上げられて欲情した」

「……人が泣いてる時に、あんた……」

まさかそんなことを考えているとは思わなかった。呆れ気味に見下ろすと、べろりと眦《まなじり》を舐められる。

「舐め取って、抱きしめて、泣きやむまでキスしてやりたいと思ってた」

その言葉通り、抱きしめられてキスをされる。唇を合わせたときに、化野が「俺が好き？」と聞いてきた。頷くと、褒《ほ》めるように頬にキスされて髪《かみ》を撫でられる。

「どうして欲しい？」

欲を帯びた掠れた声で耳元に囁《ささや》かれて、ぞくりと腰に熱が生まれる。

どうして欲しい？　どういう意味だ？

首を傾《かし》げると、唇を撫でられた。

「キスだけでいいのか？」

指先が、化野の指に搦《から》め捕《と》られた。淫《みだ》らな動きで指が絡んでくる。愛撫《あいぶ》するような動きで、化野の指が俺の指を擦《さす》った。

「……っ」

「他《ほか》は？　どうされたい？」

化野がゆっくりと体を起こす。化野の腹の上に乗っていた俺は、そのまま化野の足の上に座るような体勢になった。視線の上下関係が換《か》わって、化野に見下ろされる。

浴衣の合わせ目から肌《はだ》が見えた。

「若菜」

その声に誘われるように化野の肌に触れた。拒絶《きょぜつ》されるのを恐れながら鎖骨《さこつ》の辺りに触れて、そのまま肩《かた》まで手を動かすと、化野の浴衣が肩から落ちる。もう片方も同じようにした。

露《あら》わになった皮膚《ひふ》に、そのまま顔を近づける。唇で肌に触れると、化野は擽《くすぐ》ったかったのか小さく笑った。

肌の上にキスを繰《く》り返す。次に何をすればいいのかと考えて、化野が自分にしたことを思い出す。布団の中に手を入れて、足の間を探《さぐ》った。

少し硬《かた》くなっている浴衣越《ご》しのそれが手に触れて、途端に顔が熱くなる。

「ここも、触って……いい？」

化野は頷く代わりに、俺の頭を撫でた。

直《じか》に触れると恥《は》ずかしさで居たたまれなくなる。それでも、こんな風に許して貰《もら》えることは二度とないかもしれないと思い、化野に気持ち良くなって貰うためにゆっくりと手を動かす。

硬くなってくるのが解る。大きくなって、反り返った熱の塊《かたまり》。

掌《てのひら》に収まらないそれを擦るだけで、自分のも熱くなるのが解った。

「若菜」

名前を呼ばれて顔を上げると、キスをされる。すぐに舌を吸われた。

「んっ……、ン」

頬に化野の指が触れる。それを一瞬《いっしゅん》冷たいと感じた。自分がどれほど上気してるのか気付く。

こんな風に化野に触れて、死にたいぐらい恥ずかしいのに、キスされて嬉しい。

やらしいと思われたら嫌なのに、俺のも触ってほしいと思ってる。

「化野、俺……」

「自分で脱《ぬ》いで」

耳元に囁かれた言葉に、逆らう術《すべ》もなく自分で着ているものを脱いだ。化野も帯を解いた。

見つめそうになるから、意識して視線を逸《そ》らす。

中途半端《ちゅうとはんぱ》に抱かれた体は、化野以外誰《だれ》も触れたことがない。

不慣れで拙《つたな》いやり方に呆《あき》れられたら嫌だと思いながら、下着を脱いで自分のそこを慣らすために、前回化野がしてくれたのと同じように指を入れる。きつい場所にとても化野のものが入るとは思えなかった。それでも、指を増やして迎《むか》え入れる準備をする。

「やらしいな」

顔を上げると、化野が俺の指が埋《う》まる様を見ているのが解った。

「目、つぶって、ろよ」

「どうして」

「どうして、って」

恥ずかしいからに決まってるのに、わざと聞いてくる。

けれど文句を言うための唇は塞《ふさ》がれた。いじっていたところに化野の指が入り込んでくる。

「っ」

咄嗟《とっさ》に背中に爪《つめ》を立てると、化野は痛そうな顔をした。

「やっ」

膝《ひざ》の上に座っていたのに、いつの間にか横になった化野の体の上に跨《また》がっている。化野の欲《よく》望《ぼう》がその場所に擦り付けられる。

「あ……っ」

「本当に平気か」

化野が俺の額に落ちた髪を掻《か》き上げた。

「ここまできて、放《ほう》り出したら、殺す……っ」

膜《まく》を張った視界で見下ろす。化野は小さく笑って「出来るだけ優《やさ》しくする」と言った。

言葉通り、化野は優しかったんだと思う。

それでも、俺には結構な痛みだった。当たり前だ。受け入れるべき場所でないところで、受け入れてる。裂《さ》けるんじゃないか、と怖《こわ》くなったがそれでも止《や》めたいとは思わなかった。

「あっ、あっ……っん」

痛みの代わりに、今度は快感がやってくる。

騎乗位《きじょうい》のまま、それを追いかけようとすると自然と腰が揺《ゆ》れて、高い声が漏《も》れた。

「若菜、声……ヌイさんに聞こえるから」

「ん、ふ……っ」

慌《あわ》てて抑《おさ》えるが、隙間《すきま》から声が漏れる。

「化野、きもちい？　俺のなか、いい？」

「いいよ」

「あ、も、もっと良くなって、俺で、いって」

俺の言葉に化野が息を詰《つ》めたのが解った。

途端《とたん》に乱暴に揺さぶられる。腰を掴《つか》まれて、引き抜《ぬ》かれ突《つ》き上げられる。

「いっていい？　俺、も、いってい、い？」

見え始めた限界にそう懇願《こんがん》する。

普段《ふだん》は余裕《よゆう》の垣間《かいま》見《み》える化野の眼《め》が、鋭《するど》く細められていた。隠《かく》しようのない欲望を含《ふく》んだ眼差《まなざ》しが少し怖くて、嬉しい。俺がそんな眼をさせてるんだと思ったら、ぞくぞくする。

「若菜」

化野が俺を呼んで唇《くちびる》を開く。

声にされない命令をくみ取って、屈《かが》み込んでキスをした。

ぬるりと入ってきた舌が俺の舌を擦る。閉じられない唇の端《はし》から唾《つば》が零《こぼ》れる。

「ン、ふぁ…」

化野のキスはいつもやらしい。触《ふ》れるだけの優しいキスはしてくれない。

「あ、化野、俺、っぁあ……ぁ、もうっ」

俺が達する瞬間《しゅんかん》、化野が小さく呻《うめ》いた。

「化野」

抜きたいのに、腰《こし》も膝もがたがたになっていて力が入らない。化野に抱きしめられながら身じろぎすると、まだ硬いままのそれが内側に擦《す》れて余計に力が抜ける。

「抜いて…」

荒《あら》い息の合間にそう頼《たの》むと、化野は何も言わずに俺の唇を舐めた。

「ン、ン」

上も下も粘膜《ねんまく》で繋《つな》がってる。やらしい舌に煽《あお》られて、達したばかりの場所が、出し切れなかった精液を零《こぼ》すのが解った。

太腿《ふともも》を撫《な》でた化野の手がそのまま肌を滑《すべ》り、尻《しり》を掴む。円を描《えが》くように手で揉《も》まれて、受け入れてる穴がやらしくうねるのが自分でも解った。

「は……っ」

押しのけようと化野の胸に当てた手はろくに力が入らない。

唇をゆっくり噛《か》まれて、頬《ほお》にキスされた。顎《あご》の下に唇を寄せられて、自然と顔が天井《てんじょう》を向く。

見慣れた木の天井。ぶら下がった円い蛍光灯《けいこうとう》を取り巻く古風な照明カバー。いつもと同じ部屋で、いつもと違《ちが》うことをしている。

「ふっ、ア、あっ」

ぐいっと尻を持ち上げられて、そのまま深く貫《つらぬ》かれた。

「んっ、やっ、抜いて、また……俺、いく」

「いけよ」

耳を噛まれて酷《ひど》く粗野《そや》な言葉で煽られる。

同時に乳首《ちくび》を指先でいじられた。乱暴な指の動きに反応したそこが硬く尖《とが》ると、化野は唇で触れてくる。舌で舐《な》められると、言いようのない恥ずかしさを感じた。

「あ、っや、だ」

歯を立てられながら吸われて、腰が跳《は》ねる。

このまま後ろに反り返ってしまいそうで、慌てて化野の首に腕《うで》を巻き付けたが、力が入らない。そんな俺の腰に化野の腕が回される。しっかりした力で押さえつけられ、先程《さきほど》より深くまで受け入れさせられた。

苦しくて気持ちよくておかしくなる。強すぎる快感に、何も考えられない。

「っ……ひ、アッ、あ…ぁっ、やだ、抜いて、化野」

抜かれるどころか、今までで一番深く入れられた。腹の奥深い場所が圧迫感《あっぱくかん》に苦しくなる。だけど入口の近くは甘く疼《うず》いていて、前を擦《こす》られる度《たび》に性器の先から半透明《はんとうめい》なあれが零れた。

「っ、や、……だ、深い……っ」

「ホテルで出来なかった分もさせろ。俺がどれだけ我慢《がまん》してたか、お前は全然解ってないだろ」

「あ、あ……うそ、だって、抱《だ》けないって」

「金目当てで体を売ろうとしてる奴《やつ》なんて抱けるか。それに初めては好きな奴とすべきだと思うしな、でも……っ、本当はそんなの関係なくこうしてみたかった」

化野が男臭《おとこくさ》い笑《え》みを浮《う》かべて、硬《かた》くて太いそれで体の奥を突き上げた。

頭の奥がぼうっとする。どうしていいのか解らなくなる。

「口開けろよ」

その命令に無意識に従って唇を開く。舌が入ってくる。

「んー……ぁ。あっ」

息が止まる。酸欠で苦しくなって、頭がくらくらしてくる。もう、落ちる。

そう思った瞬間に内側で化野が弾《はじ》けた。注ぎ込まれる感覚に、震《ふる》えるような快感を感じた。

「はっ、あ」

唇が離《はな》されて、耳にキスをされる。

その最中、俺は化野の欲望が俺の中で脈打つのを感じながら、自分も達した。二度目だったから、量は少ないが肌《はだ》の上に飛び散った。

力が入らずそのまま胸にもたれ掛《か》かっていると、腰を持ち上げられる。

「――――あ、ぁっ」

抜ける感覚に鳥肌《とりはだ》が立った。崩《くず》れ落ちそうになる腰を支えられなかったら、きっとそのままべったりと布団《ふとん》の上に転がっていただろう。

「大丈夫《だいじょうぶ》か」

声も出さずに頷《うなず》く。

触れられることが嬉《うれ》しかった。けれど終わればすぐに切なくなる。

「化野」

吐息《といき》を漏らす唇にキスをして、化野に抱きつく。

痛みは残っていたけど、それより強い何かが欲しかった。傍《そば》にいるのに、感じる焦《あせ》り。

この焦燥感《しょうそうかん》に名前を付けるなら、それはきっと恋《こい》なんだろうけど。こんなに切なくて苦しいのが恋だとしたら、気付かない方が良かったのかも知れない。

「もっと、して」

化野の首に抱きつきながら、寂《さび》しさを紛《まぎ》らわすように何度も俺から唇を合わせた。

夏休みに入るとカラオケ屋の店長が猫撫《ねこな》で声で「宮本君、前にシフト増やしたいって言ったよね?」と、空いているシフトの欄《らん》に俺の名前を遠慮《えんりょ》無《な》く書き込んでいく。

シフトを増やしたいと口にしたのはもう三ヶ月近く前だが、どうせ大した予定もないので特に異論はなかった。

「でも、連続二十時間とかはさすがになしだと思うんですけど」

「あ、休憩《きゅうけい》三時間つけといたから」

「そういう問題じゃなくないですか」

二十四時間営業の店で、二十時間出勤するってどうなんだと思いながら店長を見やると「ごめん、息子《むすこ》と娘《むすめ》を海に連れて行くって約束したんだよ」と、視線を逸《そ》らしながら口にする。

「お土産《みやげ》買ってくるから」

「……アンコ入ってないやつにしてくださいね」

夏休み中は一日中客足が多かった。六月ぐらいにパートさん達が「新しいバイトの子を入れて」と騒《さわ》いでいた理由が今更《いまさら》解る。

俺の夏休みはほとんどバイトで潰《つぶ》れそうだ。もともと夏休みの予定は何もなかったから、バイトじゃない日は朝からヌイさんの仕事を手伝った。

ヌイさんはお盆《ぼん》前に物置を掃除《そうじ》することに決めたようで、さっそく俺の最初の休日にそれを開始した。まずは庭に茣蓙《ござ》を敷《し》いて、物置に入っていた、売り物なのかガラクタなのか解らない品物を整理する。この間、化野が「目録を作ったほうがいい」とヌイさんにアドバイスしていたので、この機会にそれも一緒《いっしょ》に作るつもりらしい。

「あらあら、こんなのもあったんだねぇ」

次々と出て来る壺《つぼ》や皿を眺《なが》めては懐《なつ》かしそうな顔をしている。手にとっては「これは耕造さんが旗師の人から買ったもので」と物にまつわるエピソードを説明してくれた。

耕造さんはマメだったのか、骨董品《こっとうひん》にはメモが付けられているものもあった。

〝平成十年四月五日　二十八万にて購入《こうにゅう》〟

購入金額は書いてあるが、販売《はんばい》価格は書いてない。けれどとりあえず二十八万を下回らなければ赤字にはならないだろう。

そんな風に延々と物置の中のものを整理する。とても一日じゃ終わらないので、夕方になってから庭に広げたものを縁側《えんがわ》に移す。売り物を外に出しっぱなしという訳にはいかない。

日が暮れる前に出来るだけ終わらせてしまおうと、段ボールに詰《つ》め込まれていた古本を手に取る。本は専門外じゃないかと思いながら開くと、それはアルバムだった。

「これ、ヌイさん？」

台所を振《ふ》り返り、夕食の支度《したく》をしていたヌイさんに声を掛《か》ける。

セピア色の写真には綺麗《きれい》な着物姿の女と、学生風の女が並んでいた。着物には見覚えがある。

ヌイさんは濡《ぬ》れた手をエプロンの裾《すそ》で拭《ぬぐ》いながら、俺の持っているアルバムを覗《のぞ》き込んで、口元を綻《ほころ》ばせた。

「ああ、懐かしいねぇ。とっくに無くしてしまったと思ってたよ」

皺《しわ》だらけの手が、愛《いと》おしい物を撫《な》でるように写真を撫でた。

「これ、私のお母さんだよ。こっちが私」

着物姿の女の人を指してヌイさんはそう言った。

「綺麗なひとだな」

俺の言葉に、ヌイさんは頷く。

「芸者をやっててね、唄《うた》も踊《おど》りも一番だったんだよ。そんなお母さんを見初《みそ》めて、お父さんは何年も掛けて口説いたんだって。懐かしいねぇ」

そう言えば以前、ヌイさんは良いところのお嬢様《じょうさま》だったのだと常連客から聞いたことがある。

「着物、お母さんのものなんだ？」

「そうだよ。お母さんが、お師匠《ししょう》さんから譲《ゆず》り受けたものでね、とっても良い物なんだよ」

ヌイさんは涙《なみだ》ぐみながら「懐かしいねぇ」と言った。

「ヌイさんでも、泣くんだな」

その言葉に、ヌイさんは小さく「お母さんだからね」と言った。

「身内の死を悼《いた》んで泣くのは、少しもみっともないことじゃないんだよ」

皺だらけの手でヌイさんは俺の頭を撫でた。化野の乱暴な手つきとは違《ちが》って、猫《ねこ》でも撫でるような穏《おだ》やかな触《ふ》れ方だった。

「だから、若菜も……泣きたいときは泣きなさいね」

ヌイさんはそう言って笑うと、再び台所に戻《もど》っていく。撫でられた髪《かみ》を掻《か》き上げながら、化野のことを思い出した。

あれ以来化野とはろくに顔を合わせていない。避《さ》けられているのではないかと思ったが、先日店に来たときにはヌイさんを交えて普通《ふつう》の会話をした。

二度目を望んじゃいけないのに、望んでしまいそうだったから、あの日のことは出来るだけ思い出さないようにしていた。俺の気持ちは伝えたが、化野の気持ちは聞いていない。

彼女がいるのは解っていたんだから、俺に文句を言う権利はない。

だけど諦《あきら》めようと思っていた七月が終わりに近づいたある日、化野に呼び出された。待ち合わせは駅前にあるホテルのラウンジだった。ホテルのレストランで夕飯でも食べようと誘《さそ》われた。わざわざ呼び出してまで俺と食事をする理由が解らない。

そんな状況《じょうきょう》で化野と二人きりになるのは怖《こわ》かった。拒絶《きょぜつ》されても、中途半端《ちゅうとはんぱ》に受け入れられても、自分が傷つくだけのような気がする。けれど断ることなんて出来ずにその誘いを受けた。

朝から暑い日だった。連日の猛暑《もうしょ》に、街路樹の葉は萎《しお》れて項垂《うなだ》れている。

蟬《せみ》の声を聞きながら、電車に乗って指定された駅まで向かう。改札を抜《ぬ》けて、案内板の前に立つ。聞いたことのないホテルだったが、地図を見ればすぐに場所が解った。駅前という言葉の通り、本当に近い。交差点を挟《はさ》んだ向かいのホテルだ。

「もしかして、暦青堂の？」

歩き出そうとしたときに声を掛けられ振《ふ》り返ると、そこにはあの女が立っていた。

「……どうも」

軽く頭を下げる。今日はスーツ姿だった。黒い手提《てさ》げバッグを肩《かた》に掛けているが、見るからに重そうだ。

「この間はどうも。着物の件、本当にありがとうってヌイさんにもお伝えください」

普段《ふだん》は大人しい顔が嘘《うそ》のように、今は潑剌《はつらつ》と輝《かがや》いている。

「丸山鶯雪《まるやまおうせつ》の〝一青百藍小袖〟をうちに迎《むか》えられるなんて夢みたいだわ」

「……え」

その言葉に固まる。

「来月取りに行くのが待ち遠しい」

女は本当に嬉《うれ》しそうに微笑《ほほえ》みながら「宗介からヌイさんに話して貰《もら》えて本当に良かったわ」と口にすると、呆然《ぼうぜん》とする俺をよそに改札を抜けて行った。

さきほど聞いたばかりの言葉がぐるぐる回る。

そういえば、と彼女が化野に着物を強請《ねだ》っていたのを思い出す。

『人の心を操《あやつ》るのは得意でしょ』

彼女が言った言葉を思い出して、目の前が真っ暗になった気がした。

化野には念を押されていた。店にある物は思い入れのある物でも売りさばくと言われた。だけど同時に、俺がヌイさんの思い出を守ろうとしていたことも知っていたはずなのに。

化野が俺に優《やさ》しくしてくれたのは、あの夜俺を拒《こば》まなかったのは、俺やヌイさんに取り入ってあの着物を掠《かす》め取るためだったんだろうか。そう考えたら、ひどく悲しくなった。

ホテルに入ってからも、それは同じだった。

広いロビーの端《はし》、ソファが並ぶ一角に足を踏《ふ》み入れると、化野が目に入った。

「若菜」

声を掛けられて近づく。

他《ほか》に誰《だれ》かいたのか、化野の向かいには空いたカップが置いてあった。さっきの女と会っていたんじゃないかと考えて、自分の想像が嫌《いや》になる。

「話って、何」

声を出すと、思った以上に沈《しず》んだ声が出た。

「それは、後で話す。先に食事にしよう。とにかく腹が減った」

化野はそう言うと立ちあがり、足下《あしもと》のバッグを手に取った。

まるでいつもと変わらない化野の態度に腹が立つ。俺が着物のことを何も知らないと思っているのか。俺の告白を、なんでもないことだと思ってるのか。

確かに二番目で良《い》いと言った。俺の事は化野の好きにして構わない。でも、着物の件は別だ。

「あの青い着物、ヌイさんが手放すように仕向けたのか？」

俺の問いかけに、エレベーターホールへ向かおうとしていた化野の足が止まる。

「ああ、ヌイさんもその方が良いと思ってたみたいだから、橋渡《はしわた》しをした」

「……あれは、ヌイさんの母親の形見だ」

「知ってる」

化野は何気なくそう言って俺を見下ろす。

その穏やかな視線に腹が立った。ホテルには落ち着いた雰囲気《ふんいき》が流れていて、俺はすごく不相応だった。俺に似合うのは深夜のファミレスとか、あの寂《さび》れた商店街だ。

こういうところじゃない。化野とは違う。そんなの、最初から解ってた。

「俺やヌイさんに優しくしたのは全部あの着物を掠め取るためかよ……っ」

口にすると、喉《のど》の奥がぎゅうっと窄《つぼ》まった。驚《おどろ》いている化野を睨《にら》み付けながら、ヌイさんの泣き顔を思い出す。

あの着物は確かに綺麗だった。

マルヤマなんとかって人が作っていて、価値があるのかもしれない。でも、そういうことじゃないんだ。ヌイさんにとっては、あれはただの高い着物じゃない。母親との思い出なんだ。その着物に、別の誰かが袖《そで》を通すなんて耐《た》えられない。

「何言ってるんだ、若菜。何か勘違《かんちが》いしてるんじゃないか？」

化野が俺に近づく。周囲の注目を集めていることに気付き、嫌そうに目元を歪《ゆが》める。その顔を見て、余計に苛立《いらだ》ちが募《つの》った。

「着物は渡《わた》さない！　あんたがなんて言っても、絶対にあれだけは手放させない」

そう言ってホテルを飛び出す。気付いたら駅まで走っていた。

駅の中にある公衆電話の前で立ち止まり、財布《さいふ》を開ける。カードを仕舞《しま》うところに、折り畳《たた》まれたジロの番号を写したメモを仕舞っている。

ジロは数コールで電話に出た。

「今すぐ金が要《い》る。だから、やばい奴《やつ》でもいいから、紹介《しょうかい》して欲しい」

いっそ体を売ってもいいような気分だった。

化野のことが好きだった。でも、今は化野のことを許せそうにない。

また信じていた相手に裏切られた。高校を退学するはめになった時以上に、悲しかった。

ジロの部屋はかなり良いマンションだった。

コンビニで買った弁当の袋《ふくろ》を持って、そのエントランスに入る。

「とりあえず、ヌイさんと話したら？」

部屋に入ってからリビングで弁当を開けた俺に向かって、ジロは自分の分の弁当を食べながらそう言った。

ヌイさんには今日は帰らないと告げてある。泊《と》まるのなら相手の連絡先《れんらくさき》を教えて欲しいと言われたので、一応ジロの携帯《けいたい》番号と住所は教えた。

そんなことよりもまず着物の事を訊《たず》ねるべきだったが、うまい質問の仕方が解らなかった。

金に困って形見を売るのかとはさすがに聞けないし、化野に騙《だま》し取られたのかとも聞けない。

「解ってる」

化野と俺の関係も含《ふく》めて、全《すべ》ての事情を話したジロのアドバイスは耳に痛かった。

簡単な食事が終わると、ジロが奢《おご》ってくれたアイスを食べた。

コンビニで売ってる中で一番高いバニラのアイスは、濃厚《のうこう》な味だったが気分が最悪なので美《う》味《ま》いと思えない。半分溶《と》けかけているアイスを食べていると、ジロの携帯が音を立てる。

ジロは電話には出なかった。しかしそれが二度、三度と続くとめんどくさそうな顔をしながらも携帯を手に取る。

「はい。……そうですけど……ああ、ミヤの……」

自分の名前が聞こえて、思わず振《ふ》り返った。ジロは見たことないような真剣《しんけん》な顔をして、携帯電話に耳を傾《かたむ》けていた。

いつもへらへら笑っている男が眉《まゆ》を寄せている姿に、嫌な予感がする。

「解りました。今一緒《いっしょ》にいます。うちの住所は……」

ジロがこの家の住所を口にした後で、通話を切って俺を見る。

「ヌイさんが病院に運ばれた」

後頭部をガツンと硬《かた》い物で殴《なぐ》られたような気がした。予想もしなかった連絡に、爪先《つまさき》から冷えていく。血の流れが止まったみたいに、体が強張《こわば》るのが解った。

病院、と聞いて不吉《ふきつ》な思い出が瞼《まぶた》に浮《う》かび上がる。嫌な味の唾《つば》が喉の奥にじわりと広がった。

「なんだよ、それ」

「今、化野って人が迎えに来るそうだから少し待ってろ」

ジロの言葉に、待ちきれずに部屋を出る。

マンションの外に立ってから、病院の名前を聞いていないことに気付く。携帯電話があればよかったと、後悔《こうかい》しながら、暗い通りを見渡《みわた》す。左右をきょろきょろして、そこに化野の姿を捜《さが》そうとしたが、見当たらない。

「落ち着けよ、暑気にやられただけらしいから。大丈夫《だいじょうぶ》だって」

俺の慌《あわ》てぶりに驚いたジロが、宥《なだ》めるように肩《かた》に手を掛《か》けたが、俺はそれを振り払《はら》う。

落ち着けない。嫌な想像で頭の中が埋《う》め尽《つ》くされた。母親の顔がフラッシュバックする。

中学校三年の時だ。授業を受けていたら校内放送で職員室に呼び出され、母親が危篤《きとく》状態だと知らせる電話を受けた。あれは冬だった。寒くて、指先が震《ふる》えてどうしようもなかった。

意識不明の母親の横で一人きりで二時間祈《いの》った。神様がいればいいと願った。

だけど結局、母親はそのまま亡《な》くなってしまった。

「っ」

思い出したら怖《こわ》くなった。大事な人を失う感覚をもう一度味わうはめになるのか。

ぞっとする。ヌイさんが死んだら、俺はまた一人だ。俺が近くにいると、みんな死ぬ。

母方の祖母も、母親も、ヌイさんまで死んでしまう。好きになった人はみんないなくなる。

「ミヤ、大丈夫だって」

ぐいっと肩を引き寄せられた。ジロにそうされてから、自分の膝《ひざ》がオモチャみたいにガクガク震えていることに気付く。

大した時間じゃなかったかもしれないが、俺には何時間にも思える待ち時間の後で、車のヘッドライトが見えた。見覚えのある車の運転席には化野が居る。

マンションの前に停《と》まった車のドアを、俺は震える手で開けた。

「落ち着いたら電話して」

ジロはそう言って俺を見送った。それに返答する間も惜《お》しんで、車に乗り込む。車はすぐに走り出したが、スピードが遅《おそ》く感じられて苛々《いらいら》する。一台も通らない信号で停まっているのがもどかしくて、シートの上で落ち着かずに足を揺《ゆ》する。

「心配するな、大事をとって入院しているだけだ」

化野が話しかけてくる。昼間見たのと同じ格好だった。思わず睨み付ける。

「若菜」

安心させるように俺の膝の上に手を置くが、鬱陶《うっとう》しくてそれを振り払う。

「触《さわ》るなよ」

その手に縋《すが》り付きたい。だけどあの女のことを思い出すと、それはできない。縋り付きそうになる右手の手首を、俺は左手で力《ちから》いっぱい摑《つか》んだ。

そんな様子の俺を見て、化野は溜《た》め息を吐《つ》いて黙《だま》り込む。

病院に着くまでの間は、俺にとって最悪だった。勝手に頭の中で一番悪い状況《じょうきょう》と、一番思い出したくない記憶《きおく》ばかりが繰《く》り返されて、気分が悪くなる。

「車、入口に着けるからそこで降りろ」

車が停まると、俺は夜間の入口から慌てて中に入り、病院の廊下《ろうか》を走った。受付には誰《だれ》も人がいなくて、どこに行ったらいいのか解らずに焦《あせ》っていると、駐車場《ちゅうしゃじょう》に車を停めてから来た化野に腕《うで》を引かれた。エレベーターに乗せられ、三階に着いたところで降りる。

三階の受付には一人、看護師が居た。しかし彼女に聞くまでもなく、化野は「こっちだ」と言って病室に連れて行く。手を振り払うことも忘れ、目の前のドアを開ける。

無機質な部屋の中で、ヌイさんが一人横になっていた。

ゆっくりと上下する胸を見て、生きているんだとようやく安心した。

「お前を追いかけて家に行ったら、店の中で倒《たお》れてた。熱射病らしいけど、明日には退院できるって話だから、心配しなくても良い」

ほっとして、思わずその場にへたり込む。泣きそうだった。

皺《しわ》だらけの手を両手で握《にぎ》りしめる。こんなに細かったのかと今更《いまさら》気付く。

そこに額を押しつけて「良かった」と呟《つぶや》いた。

死ぬ前に人間が出す、どこか甘いあの匂《にお》いがしないことにほっとする。

「意識はあったんだ。救急車で運ばれてる最中にお前に電話して欲しいって言われた。友達とすぐに連絡が付いてよかったよ」

化野が俺に小さなメモを渡す。ヌイさんの字でジロの名前と電話番号、住所が書かれていた。

それでジロに電話が掛かってきたのか。動揺《どうよう》していたので、何故《なぜ》ジロに化野が電話を掛けたのか、疑問に思う間もなかった。今日はジロと一緒にいて良かった。じゃなかったら、今頃《いまごろ》俺はヌイさんに何があったのか知らないままだっただろう。

まだ細かく震えている俺の手を、勇気づけるように化野が握ったが俺は再びそれを拒《こば》んだ。

「ヌイさんのこと、感謝してる。でも、帰ってくれ。今日は、もうあんたと話したくない」

化野は俺を見て何か言いかけたが、結局何も言わずに病室を出て行く。

それを見送ってしばらく経《た》ってから、看護師が「面会時間はとっくに過ぎているので、明日の朝もう一度来ていただけますか？」と口にした。

「おばあさんでしたら心配いりませんよ」

看護師は俺を励《はげ》ますようにそう言った。

病院を出ると、駐車場に化野の車はなかった。そのことにほっとしながら、駅まで歩く。電車に乗って、家まで帰る。鍵《かぎ》の掛かった真っ暗な家は寂《さび》しすぎて、家中の明かりを点《つ》けた。誰かの声が聞きたかった。真っ先に頭に浮かんだのは別れたばかりの化野だったが、あいつに電話できるわけがない。

俺は財布《さいふ》からメモを取り出して、ジロの番号に掛けた。

『もしもし』

「俺だけど、さっきはごめん」

『俺？　俺なんて知り合いはいません。オレオレ詐欺《さぎ》にお金は振り込みません』

俺の気分を和《やわ》らげるためなのか、いつもの調子でジロが言った。

「うぜえ」

そう言い返しながら、なんで友達に裏切られて人間不信気味になっていた俺が、ジロをすんなり友達として受け入れられたのか、解った気がした。

こいつが殺しても死ななそうだからかもしれない。

『それで？　おばあさんは大丈夫だったんだろ？』

「大したことないみたいだ。とりあえず、明日には退院できるらしい」

ジロは少し迷うような気配をさせてから「仲直りしたのか？」と口にした。思わず黙り込むと、その沈黙《ちんもく》で確信したジロが「ヌイさんともだけど、あの人ともちゃんと話し合えよ」と言った。

「色々悪かったな。ありがとう」

話し合えと言われても、化野と何を話せばいいのか解らない。冷静に話せる気分じゃない。

『別にいいよ。また何かあったら電話しろ』

電話を切る。受話器を置くとチンと音が鳴った。余計に家の静けさが際立《きわだ》った。

ヌイさんの件では世話になったが、化野の事は許せない。かといって嫌《きら》いになったのかと言えば、またそれは別なんだ。

着物の事や借金のこと、それから化野の恋人《こいびと》について一人きりの家で考えた。けれど何一つ上手《うま》く頭の中でまとまらないまま俺は自分の部屋の布団《ふとん》の中で、ぼんやりと天井《てんじょう》を見上げた。

化野に抱《だ》かれながら見上げたのと同じ天井だ。そう気付いたら、気配までが蘇《よみがえ》ってしまったような気がして、それを追い払うために窓を開けた。

ぬるい外の気温。風もない夏の夜の空気が鬱陶しく肌《はだ》にまとわりつく。

「話して何が変わるんだよ」

思わず呟いた。誰も答えない。当たり前だ。諦《あきら》めて目を閉じる。

その夜は久しぶりに母親の夢を見た。

昨日の救急車を目撃《もくげき》したのか、朝は近所に住む老人が戸を叩《たた》く音で起こされた。

まだ七時にもならない時間から「ヌイさんは大丈夫かい」と訊《たず》ねられ、「今日戻《もど》ります」と眼《め》を擦《こす》りながら答える。訪問客は家を出る九時頃《ごろ》まで続いた。

何人かは見舞いだと果物《くだもの》やお菓子《かし》を置いて行った。それに一つ一つ礼を言いながら、思った以上にヌイさんが周囲の人間に愛されていることに驚《おどろ》く。

病院を訪《おとず》れて昨日の病室に行くと、ヌイさんはベッドには居なかった。

しばらく待っていると、病院服を着て戻ってくる。

「今ちょうど家に電話してたんだよ」

そう言われて携帯電話《けいたいでんわ》を持っていないことを不便に感じた。

今後こういうことが無いとも限らないから、買っておくべきなのかも知れない。前の高校で壊《こわ》されて以来、欲しいとも思わなかったが、もういい加減あのことは忘れるべきだ。

あいつらの事は思い出す度《たび》にむかつくが、過去ばかり振《ふ》り返っていても仕方ない。

「心配掛《か》けてわるかったねぇ」

ヌイさんは元気そうだった。

ふと、青い病院服を見て、着替《きが》えを持って来なかったことに気付く。

「ごめん、今からでも服買ってこようか」

もうすぐ近くのデパートが開く。一万ぐらいは持っているから、なんとかなるだろう。

「昨日の服をまた着るから大丈夫《だいじょうぶ》よ」

部屋を出て行きかけた俺を、ヌイさんが引き留めた。

しばらくして病室にやってきた医師に、水分をこまめに補給するようにと指示を出され、退院の許可を貰《もら》う。支度《したく》をしていると、慌《あわ》てたように背広姿の男が病室に入って来た。

ここ数日、テレビのニュースで見掛《みか》けるその男は、ヌイさんを見て「なんだ、元気そうじゃないか」と脱力《だつりょく》したように言った。

「あんた、その言い方はないんじゃないの？」

「救急車で運ばれたって聞いたからな」

父親は俺を見て、少し気まずそうな顔をする。

放《ほう》り出すような形で別れた息子《むすこ》と顔を合わせるのは、さすがにこいつでも気まずいようだ。

「俺、ちょっと朝飯買ってくる」

病室を出て一階に降りた。朝飯は食べていなかったが、腹は減っていない。

それでも病院の小さな購買《こうばい》でサンドイッチとオレンジジュースを買って、向かいに置かれている茶色い横長のソファでそれを食べる。

時計を見たが、時間はそれほど経っていなかったので、手持ち無沙汰《ぶさた》にもう一度購買の中に入った。隅《すみ》に置いてある本のコーナーに週刊誌が並べられている。

見出しにはでかでかと『大口献金疑惑《けんきんぎわく》！』『大臣は否定！　秘書は沈黙！』と書かれていた。それを無視して近くにある情報誌を捲《めく》り、少し時間を潰《つぶ》してからソーダ味のアイスを買って購買を出る。

ソファに座ってガリガリとアイスをかみ砕《くだ》いていると、父親が階段を下りてきた。俺の視線に気付いたのか、わざわざ近づいてくる。

「もともと体が弱いんだから、店なんかさっさと畳《たた》めばいいのに。お前からも注意しろ」

いきなり指図されてむっとした。最初に言うべきなのはもっと別の言葉だろうと、相変わらず人として何かが欠落している男を睨《にら》み付ける。

「電話もして来ないあんたに、そういうこと言う権利ねーだろ」

食ってかかると父親は怯《ひる》んだようだった。義理の弟が出来がいいから、息子に反抗《はんこう》されることに慣れていないようで、俺がそういう言い方をするといつも驚いたような反応を見せる。

ふと、呆《あき》れながら見つめた男の目の端《はし》が赤くなっていることに気付く。

「私は仕事が忙《いそが》しい。お袋《ふくろ》はもう年なんだ。だから、お前がしっかり見てくれないと困る」

勝手な言い分だった。呆れた。ふざけんな、と吐《は》き出そうと思った。

けれどそわそわと落ち着かない男を見ていたら、なんだかそんな言葉が消えていく。

普段髪《ふだんかみ》を綺麗《きれい》に撫《な》でつけて、嫌味《いやみ》なぐらいエリート然としている男だ。俺の母親の葬式《そうしき》でも涙《なみだ》一つ見せず、葬儀《そうぎ》会社の人間に一任してろくに弔問客《ちょうもんきゃく》に頭を下げることもなかった男が、自分の母親を失うことに怯《おび》えている。

俺と同じだと思った。俺も怖《こわ》かった。だから、男に文句を言う気がなくなった。

「それより、こんなところにいていいのかよ？」

父親は僅《わず》かにずれた眼鏡《めがね》を直すと「仕事のことなら心配ない。これが初めてじゃないし、最後ってわけでもないからな。こんなのは大した問題じゃないさ」と口にする。

別に心配したわけじゃない。だけどあのニュースが流れ始めてから、ヌイさんがずっと気にしているのは知っていた。こいつに何かあったらヌイさんが傷つくから、訊ねただけだ。

「入院費は払《はら》っていく。これから何かあったら、すぐに私の携帯《けいたい》に知らせなさい」

最後まで傲慢《ごうまん》にそう言って、手帳に電話番号を走り書きして破った。

男は俺にそれを渡《わた》すと背を向けて、けれど思い直したように振り返る。

「お袋をよろしく頼《たの》む」

調子のいい男の台詞《せりふ》を突《つ》っぱねることも出来た。電話番号が書かれたこの紙を粉々に破り捨てて「誰《だれ》がお前になんか電話するかよ」って言いたかった。だけど俺はそれをしなかった。

「解った」

俺はポケットにそれを仕舞う。病室に戻ると、ヌイさんが少し怒《おこ》った顔で座っていた。

「どうしてあんな子に育ったのかしら」

一人息子の性格に対して、ヌイさんは腹を立てているようだ。

「昔は違《ちが》ったのよ。大学に行く前はもっと優《やさ》しい子だったわ」

昔を懐《なつ》かしむような口調でそう言う。

「ごめんなさいね」

ヌイさんの言葉に首を振る。

突っぱねることなくメモを受け取ったことで、俺の中で何かが変わった。

大人になるっていうのはそういうことなのかもしれない。受け入れられないものを受け入れたり、許せなかったことを許せたりする。

そうすることで少しずつ成長して、胸の奥に煌《きら》めいては消える痛みも優しい思い出も、忘れないで全部抱《かか》えて歩いていくことが出来るようになるのかもしれない。

「帰ろうか」

ヌイさんは俺の言葉に頷《うなず》く。病《や》み上がりで電車に揺《ゆ》られて、また気分が悪くなっても大変だから、帰り道は病院前に待機していたタクシーに乗り込んだ。

「昨日は宗介さんが来てくれて助かったよ。何かあったら若菜も宗介さんを頼《たよ》りなさいね」

俺は躊躇《ためら》ってから「着物、手放すの？」と聞いた。

「え？」

「化野が、手放せって言ったんだろ？」

思った以上に、ぶっきらぼうな口調になる。化野の事は未《ま》だ腹が立っているというよりも、騙《だま》されて悲しい気持ちだ。俺に向けられたものが全《すべ》て、あの女のためだと知ったら酷《ひど》く惨《みじ》めで、思わず化野のところに乗り込んで殴《なぐ》りつけたくなる。

「ああ、宗介さんから聞いたのかい？　そうだよ。家じゃ管理が大変だからね」

「でも、形見なんだろ」

「手放すと言っても、売り払うわけじゃないよ。美術館に預かって貰うんだよ。ほら、本町さんて覚えてるだろ？　あの綺麗な子」

「……覚えてる」

その本町に事情を聞いたのだから当然だ。

「美術館の学芸員でね、着物の管理が大変だって言ったら宗介さんが紹介《しょうかい》してくれたんだよ。良《い》い物だから美術館で預かってくれるって。代わりに展覧会で展示されることが度々あるらしいんだけどね。でもうちで古びていくよりも、色んな人に見て貰った方がいいからね」

「預かるって、じゃあまた戻《もど》ってくるのか？」

「そりゃそうだよ。寄贈《きぞう》するわけじゃないからね」

ヌイさんの言葉に思わず脱力する。

なんだ、俺が先走っていただけなのか、とタクシーの背もたれにぐったりと寄りかかった。

「若菜？」

不思議そうにヌイさんが声を掛けてくる。

「勘違《かんちが》いして化野に酷いこと言った」

俺がそう打ち明けると、ヌイさんは「じゃあ、ごめんなさいって、謝らなきゃね」と笑った。


カラオケのバイトが終わった、深夜十二時過ぎ。

すれ違う人混《ひとご》みから目を背《そむ》けて、決心の付かないままだらだら歩く。相変わらず生暖かくて暑苦しい湿気《しっけ》がまとわりついてくる。

一度だけ訪《おとず》れた、本店の方に行く。いないかもしれないと思っていたが、会社には電気が点《つ》いている。だけど残っているのが化野だと確信しているわけじゃない。

本当に会いたいならさっさと化野の携帯に電話して、謝りたいと伝えるべきだ。

でも、化野の反応が怖くて動けない。化野を信じられなかった。裏切られたと詰《なじ》った。あんなによくして貰《もら》ったのに、呆れられているかもしれない。

駅から続くペデストリアンデッキに作られた石のベンチに座りながら、ぼんやりと下を走る車のテールランプを眺《なが》める。まだ周囲は賑《にぎ》やかで、近くでギターを弾《ひ》いている奴《やつ》もいた。素人《しろうと》の割に上手《うま》いと思いながら聞くともなしに聞いて、通り過ぎていく連中にぼんやりと目を向ける。

手を繋《つな》ぐ女と男。楽しそうな横顔が羨《うらや》ましい。好きになった相手が、自分のことを好きになってくれる確率はどれぐらいなんだろう。どうやって片想《かたおも》いを両想いに変えるんだろう。

二番目でいいと言ったのは俺で、少しでも好きになってくれればいいと思っていた。

いや、最初は触《ふ》れられさえすればそれで良かった。俺はもともと強欲《ごうよく》で、昔から欲しい物がたくさんあった。子供の頃《ころ》は母親に泣いてねだったけど、泣いても無駄《むだ》だと解ってからは泣かなくなった。いつの間にか、望んだ物が手に入れられないことに慣れていた。だから化野の事も欲しいとは思っても、そのために努力もせずに二番目でいいと言った。

なのに嫉妬《しっと》して、化野の話も聞かずにあいつを悪者だと決めつけた。

「俺、何やってんだろ……」

ぼうっとしていると、だんだん人通りがなくなってくる。ギターの音もいつの間にか聞こえない。どれぐらいここに居るのか、解らなくなっていた。駅の時計に目を向けると、とっくに終電は過ぎている。

見上げると、会社の電気は消えていた。いつから消えていたのか解らない。

謝りに来たくせに、結局びびって駄目だった。いっそ朝までここにいようかなんて馬鹿みたいなことを考えていると、近づいてきた足音がそばで止まる。

「こんなところで、何してるんだ？」

顔を上げなくても声の主が解った。好きな相手の声ぐらいは聞き分けられる。

「いつからいたんだ？」

その問いかけに何も言えずに黙《だま》り込む。

言いたいことはたくさんあって、なのに何を言ったらいいのか解らない。

俺は臆病《おくびょう》で、嫌《きら》われるのが怖《こわ》くて、鬱陶《うっとう》しいと思われたくなくて俯《うつむ》いてる。

「……終電、もうないけど」

「知ってる」

「じゃあ、なんでこっちに来たんだよ」

「窓からお前が見えたから」

「………なんで？」

「俺を待ってたんだろ？」

確信めいたその質問に、黙り込んで答えを探す。けれど結局言葉は見つからず、途《と》方《ほう》に暮れて顔を上げる。化野は静かな表情で俺を見下ろしていた。

「着物のこと、ごめん」

俺の言葉に化野は「気にしてない」と口にする。

「それ、言いたかっただけだから」

のろのろと立ちあがる。背中を向けて歩き出そうとすると「本当にそれだけか？」と聞かれて足が止まる。逃《に》げ出したい。ストーカーみたいにこんなところでずっと待っていて、挙げ句の果てにはろくに謝罪も出来ないまま立ちつくしてる。

どうして俺はこんな格好《かっこ》悪《わる》いんだろう。

「俺……二番目でいいって言ったけど、やっぱり無理、だ」

誰《だれ》かの次なんて、そんなの我慢《がまん》できない。化野が他《ほか》の人間に触れるのは考えたくない。我が儘《まま》だと解ってるけど、どうしても嫌《いや》だ。俺はこの先、誰かと化野を共有できない。どうしても嫉妬するし、どんどん自分が嫌な人間になってしまう気がする。

現に、俺は本町が嫌いでたまらない。悪いのは彼女ではなく俺なのにだ。

「俺の言葉、全部忘れて欲しい。俺も、忘れる」

優しい指先も、掠《かす》れた声も全部。一つも思い出さないように鍵《かぎ》を掛《か》けて、封《ふう》じ込めて。そうやって俺が気持ちを殺せば、何もなかったことにできるはずだ。

不意に、知らず知らずに握《にぎ》っていた拳《こぶし》が化野の手に包まれる。

「俺は忘れない」

力強く手を繋がれて、忘れなきゃいけない温《ぬく》もりが増える。

「だからお前も俺の言葉を忘れるな」

ゆっくりと抱《だ》きしめられた。腕《うで》の中に閉じ込められて、胸が詰《つ》まる。

「だって、あんたあの女と付き合ってるだろ」

詰ると「別れた」と予想外の言葉が返ってくる。

反射的に顔を上げようとしたら、頭を撫《な》でられた。

「お前に惚《ほ》れたから別れた。本当は昨日、伝えようと思ってた。告白するつもりで、結構いい部屋を取ってたんだ」

「っ……なんで？　いつから？　俺、何にもしてねーのに」

いつ女と別れた？　どうして俺のことを好きになってくれたんだ？

「あいつと別れたのはお前と最初にホテルに行った後だ。もともと俺とあいつの関係は終わりかけてたんだ。お前に惚れたのは、なんでか忘れたけど前から可愛《かわい》いとは思ってたよ。あんなにやらしいとは思わなかったけど」

「な……っ」

「お前が俺を信頼《しんらい》してるのが心地《ここち》よかったからかもな。反発してたくせにいきなり頼《たよ》られて、一度かわいいと思ったら否定できなくなった。お前の家で泣きそうな顔で求められて、止められなくなるぐらいに興奮した」

「じゃあ、なんであの時に言ってくれなかったんだよ……っ」

「……悪かった。もう少しだけ、お前に追いかけられたかったんだよ」

なんとか視線だけ動かして見上げた化野の首筋も俺の顔と同様に、赤くなっている。

「ひどい」

「悪かったよ」

「悪いと思うなら、ちゃんと言えよ。俺は、ちゃんと言った」

化野は溜《た》め息を吐《つ》いた後で、俺の事を先ほどよりも強く抱きしめる。

「俺は若菜が一番大切だ。だからお前もずっと俺を好きでいろ」

何も言えないでいる俺の髪《かみ》を、化野の手がゆっくりと撫でた。夕暮れの中を歩いていたときに、俺をあやしたのと同じ優《やさ》しい指先だった。

何故《なぜ》だか悲しくもないのに泣きたくなって、慌《あわ》てて化野の胸に顔を押しつけた。

八月も中旬《ちゅうじゅん》に差し掛かり、そろそろ夏休みも終わりが見えてきた頃、俺はヌイさんとその友人達と一緒《いっしょ》に着物を着て電車に揺《ゆ》られていた。

初めて着た着物は耕造さんのお下がりで、萌黄色《もえぎいろ》の紗《しゃ》着物だった。

着物なんて似合わないと思っていたが、渋《しぶ》い萌黄色に不思議と髪の色が合っていた。

緩《ゆる》めの合わせ目はそれほど暑苦しく感じないが、腹の辺りが苦しい。締《し》め付けられた黒い帯に指を入れて隙間《すきま》を作っていると、ヌイさんに「崩《くず》れてしまうから」と注意された。

これからビルの上層階にある美術館の展覧会に行く予定だ。

総勢五人の着物姿の元美女の向かいに立って、電車の吊革《つりかわ》を摑《つか》む。席は空いているが、座っているよりも立っている方が楽だ。

展覧会では化野や本町とも合流する。今回チケットを用意したのは本町だった。

美術館には横の繫《つな》がりがあり、近隣《きんりん》の展覧会のチケットであれば大抵《たいてい》は手に入るのだと本町は言っていた。

「若菜、次の駅かしらね」

ヌイさんに話しかけられて、ドアの上の案内表示の液晶《えきしょう》画面を見た。

次の駅名が表示されている。それを確認《かくにん》して頷《うなず》くと、ヌイさん達がごそごそと支度《したく》を始めた。

「今日は尾方《おがた》先生の作品が何点か来るんでしょう？」

「まぁ、楽しみ」

彼女たちの話を聞くともなしに聞きながら、暇《ひま》つぶしに見上げた週刊誌の車内広告には例の問題に関係ある見出しが並べられていた。

〝宮本秘書、献金疑惑《けんきんぎわく》全面否定！〟、〝名誉毀損《めいよきそん》で逆訴訟《そしょう》!?〟、〝「預かっただけ」お粗末《そまつ》反論!!〟

それを見て苦笑《くしょう》する。本人が言った通り上手《うま》く立ち回っているかどうかは知らないが、しぶとくやっているようだ。神経が図太そうな男には、そっちの世界が向いているのかも知れない。

どっちでもいいけど。

電車が駅に着くと、俺はすぐに男のことなんて忘れてしまった。

女子高生のようにはしゃいでいるヌイさん達の後ろから電車を降りる。

指定された改札を出て、そのまま地下道を歩く。楽しそうなヌイさん達を先導しながら、エレベーターに乗って教えられた階に行くと、ホールにはすでに化野が待っていた。

「迷わなかったか？」

スーツ姿の化野に声を掛けられて「平気」と答える。

ホールでしばらく待っていると、少し遅《おく》れて本町もやってくる。

「ごめんなさい、着付けに手間取ってしまって」

そう言い訳をした本町の着物は鮮《あざ》やかな錦鯉《にしきごい》が描《えが》かれた青色の着物だった。紫《むらさき》の帯締《おびじ》めに赤の帯留めを合わせていて、渋い砂色の帯を締めている。以前俺が届けた帯だ。

ヌイさんや周囲の友人達に交じってひとしきりお互《たが》いの着物を褒《ほ》めあっている。

「素敵《すてき》な着物だわ、本町さん」

本町は嬉《うれ》しそうに「海外のオークションに出ていたものを宗介に落札して貰《もら》ったんです。宗介が心理戦を仕掛《しか》けたお陰《かげ》で、安く落とせたんですよ」と口にする。

「でも、やっぱり一番素敵なのはヌイさんの一青百藍小袖ですね」

本町の視線を受けて、ヌイさんは嬉しそうに笑った。

「本町さんに怒《おこ》られるかもしれないと思ったけど、やっぱり着ておきたくてねぇ」

ヌイさんの言葉に本町は首を振《ふ》った。

「怒るなんてとんでもない。でも、クリーニングはしないでくださいね。うちがやらせて貰います。変な業者におかしなことされたら取り返しが付かないですから」

そこだけは強く言って、みんなうっとりするようにヌイさんの着物を眺《なが》める。

本町が懐《ふところ》から出したチケットを持って、入口に立っていた女の人にまとめて渡《わた》す。

「じゃあ、さっそく中にどうぞ」

本町の言葉に従って、俺達は中に入った。一瞬《いっしゅん》本町と化野の視線が合ったが、本町も化野も特に表情を変えない。

あの日、コンタクトレンズがずれたと言いながら泣いていたときはすでに、二人は別れていたらしい。

それを化野から聞いたときに、本町に対して申し訳なく思った。けれど、だからといって俺は化野を諦《あきら》めきれない。

展示会場は夏休みということもあってなかなか賑《にぎ》わっていたが、展示されている物が日本画や茶器や着物なので、客の多くはヌイさんと同年代の人達だ。そのため着物を着ている人も珍《めずら》しくない。

五人は固まってあれこれ言いながら展示物を眺める。時々、本町が作品について解説をした。日本美術を扱《あつか》う美術館に勤めているということだから、専門分野なのだろう。

俺はみんなとは離《はな》れて、勝手に会場内を見て回った。会場は結構広かったが、部屋の仕切りは狭《せま》く、順路通りに回っていれば迷子になる心配はなさそうだ。

漆器《しっき》が飾《かざ》られた部屋に足を踏《ふ》み入れると、重箱や厨子《ずし》が透明《とうめい》なケースの中に展示されていた。その重箱にはきらきら光る、少し厚めの白いホログラムのようなものが貼《は》り付けられている。

「なんか、貝の内側みたいだな」

先日夕食で食べた牡蠣《かき》を思い出して思わずぽつりと呟《つぶや》くと、「正解よ」と背後から声を掛《か》けられて飛び上がる。振り返ると、いつの間にか本町が立っていた。

「螺鈿《らでん》っていうの。因《ちな》みに日本画でも貝を細かく砕《くだ》いて胡粉《ごふん》にして使ったりするのよ」

「はぁ、そうなんですか」

説明をされても、あまり興味が湧《わ》かない。

これが何百年も時を超《こ》えてここにある事実は凄《すご》いと思うけど、それだけだ。

「やっぱり、詳《くわ》しいですね」

「これしか得意分野がないの。でも、これも宗介のほうが知識は上だけどね」

「そうなんですか？」

「うん。昔から一個も勝てないの。だから好きだったのかも」

その言葉に思わず目を伏《ふ》せる。

「そんな顔しないで。もう吹《ふ》っ切れてるから」

本町は俺から離れると、いつの間にか同じ部屋にいたヌイさんたちの方に歩いて行く。

こんなことを俺に話すのだから、もしかしたら化野から俺のことを聞いているのかもしれない。あるいは女の勘《かん》ってやつなんだろうか。

心の中であの日彼女を泣かせてしまったことを謝りながら、その背中に描かれた鮮やかな錦鯉を見つめていると、何も知らない化野が俺の近くに立った。

「深海から天空まで全《すべ》ての青を集めたってコピーは本当だな。若菜も、着たら似合うだろうな」

化野が耳元で囁《ささや》く。視線の先を追えば、ヌイさんがいた。

「俺みたいのに、あんな高い着物が似合うと思えない」

美しい青は柔《やわ》らかな照明に映《は》えている。白い帯には細かい銀の刺繍《ししゅう》がされていて、時折煌《きら》めく。帯は魚の鱗《うろこ》に、着物は海に思えた。薄藍《うすあい》、白藍、青藍、琉球藍《りゅうきゅうあい》、紺藍《こんあい》そして青。それらは僅《わず》かに色味を変えて、美しく混ざり合っている。

全て白くなってしまったヌイさんの髪《かみ》にも、よく似合っていた。

「そんなことない。今着てるそれも、よく似合ってる」

化野の指先が、すっと首筋を掠《かす》めた。産毛《うぶげ》を逆なでするようなその手つきに、ぞわりと熱が生まれる。本町に対する罪悪感はまだ残っていた。それを化野と共有したい。

同時に、もう一度確認させて欲しい。化野が俺の物だってことを。

「……化野」

部屋から連れ出して、薄暗《うすぐら》い廊下《ろうか》で化野の耳元に口を寄せる。

「ヌイさんたちこれから歌舞伎観《かぶきみ》に行くって。だから三、四時間ぐらいどっかで時間潰《つぶ》さなきゃならないんだけど」

観たことがないと言ったら、絶対に観るべきだとヌイさんが勧《すす》めるから、さっきまでは俺も行くつもりだった。だけど舞台《ぶたい》を観るよりも、したいことがある。

「どこか行きたいところでもあるのか？」

俺の背にあわせて少し屈《かが》んだ化野に、躊躇《ためら》いながらも訊いた。

「……化野って、帯結べたよな？」

真っ赤になりながらも問いかけた言葉に、化野はゆっくりと俺の腰《こし》に腕《うで》を回して笑った。

「そんな誘《さそ》い文句、誰《だれ》に聞いたんだ？」


ホテルの部屋に着いた途端《とたん》ベッドに押し倒《たお》されて、乱暴に帯に手を掛けられた。

「っ、あだし、の、待って」

性急な手つきが予想外で、身を捩《よじ》ると体で押さえ込まれる。

「体、汚《きたな》いから、汗《あせ》、とか」

抗議《こうぎ》するのに、化野は少しも聞いてくれない。

それどころか汗くさい襟首《えりくび》に鼻先を埋《うず》め「いい匂《にお》いがする」と口にする。そのままじんわり湿《しめ》った肌《はだ》に舌を這《は》わされた。ぬめる舌の感覚にぞくぞくする。

身じろぎしようとすると、足に化野の硬《かた》くなったものが触《ふ》れた。

「あ」

気付いて顔を赤らめると、化野があからさまにそこを押しつけてくる。

「や、め」

「誘ったのは若菜だろ」

笑うように化野が言う。確かにその通りだけど、俺はこういうことに慣れてない。焼き付くような熱が体の奥で渦巻《うずま》く。同じような熱を化野から感じる。こんな風にされると、どうしていいのか解らなくなるから嫌《いや》だ。

「舐《な》めていい？」

わざと俺の反応を見るために、化野が了承《りょうしょう》を求めてくる。どこを？　と聞く前に喉《のど》に唇《くちびる》が落ちて舌で鎖骨《さこつ》の間を舐められた。きわどい場所じゃなくてほっとしていると、化野の手が足に触れ布地を割った。

「っ」

膝《ひざ》の裏から太腿《ふともも》を掌《てのひら》で撫《な》でられて、期待に膝頭《ひざがしら》が震《ふる》える。こういうの、本当に慣れてないんだ。だからいきなりエロく触《さわ》るのは止《や》めてほしい。それでもきっと、そんな願いは聞き入れられないんだろうけど。

「白いな」

化野が肌をまじまじと見る。陽《ひ》の高いうちからこんなことをするのは初めてだった。というよりも、付き合ってからするのは初めてだ。

焦点《しょうてん》が定まらないまま、潤《うる》んだ目で化野をじっと見つめる。欲情《よくじょう》して、少し鋭《するど》くなった目つきが好きだと思いながら、化野の髪に指を絡《から》めた。さらさらの髪が、指の隙間《すきま》を抜《ぬ》ける。頬《ほお》を髪に擦《なす》り付けるようにすると、あやすように耳に口付けられた。

「若菜」

自分を呼ぶ声は甘くて、溶《と》けてしまいそうになる。

唇にキスが落ちる。舌を強請《ねだ》るように化野の唇を舐めると、すぐにやらしいキスをされた。

「ん、ふ……あ」

髪の毛をくしゃくしゃにされて、帯を解かれる。腕を通した着物はそのままに、足を開かれた。ベッドに腕を突《つ》いて逃《のが》れようとすると腰を摑《つか》まれて引き戻《もど》される。下着の上から、指で触れられて声が漏《も》れる。

見たくなかったのに目が離せなくて、化野が下着の上からそれに唇を落とす様を見てしまった。愛《いと》しい物にするように、柔らかくキスをしてから優《やさ》しく歯で噛《か》まれる。

「や、だ」

嬲《なぶ》るような愛撫《あいぶ》だった。わざと優しく触れる歯がもどかしくて、自分から腰を押しつけるように少し浮《う》かしてしまう。そんな浅ましい態度が嫌で、だけどこのままじゃいられなくてねだるように名前を呼んだ。少し伸《の》びた、媚《こび》を含《ふく》んだ声が嫌だったけれど、化野はそれをからかったりしなかった。

「焦《じ》らすな、よ」

恥《は》ずかしい。見ないで欲しいのに、全て暴《あば》かれてる。

素直《すなお》に反応を示して下着越《ご》しに硬くなる場所も、震える声も赤くなる顔も全部。

化野の手が下着に掛かって、それが脱《ぬ》がされると羞恥心《しゅうちしん》はさらに募《つの》った。

視線を逸《そ》らすと、その場所を掌で包まれる。それから湿った口の中に迎《むか》え入れられて、泣きそうになった。ぬるぬる動く舌と、温かい口の中は気持ちが良くて、唇の隙間から声があがる。

「ふっ、ぁあっ、ぁ、化野、そこ、嫌だっ」

逃《に》げ場のない快感が膨《ふく》らむ。音を立てて舐められると、やばいぐらいに感じる。

泣きそうになっていると、化野の指が後ろに触れた。閉じた肉の間をこじ開けるように、湿った指が入口を擦《こす》る。

「ん、っく、ぁ、ぁっ」

息を吐《は》いた時に入り込んだ指先に、強引《ごういん》に入口を広げられた。指だと解っているのに、体がびっくりして、入ってきた指を異物として締《し》め付ける。だけどそれが、まるで欲しがってる動きのように思えて、居たたまれなくなる。

化野の指を、まるであれのようにぎゅうぎゅう締め付けて、奥へと誘ってるみたいだ。

舌で性器を愛撫されながら、同時に後ろも弄《いじ》られて体の奥から力が抜ける。全てを化野に委《ゆだ》ねるように、目を伏《ふ》せると急に限界が近づく。

「いきそう」

素直にそう言って、化野が舐めている場所に手を伸ばす。

「どうしよ、化野、俺」

気持ちよくて堪《たま》らない。まだ始まったばかりなのに、体が放出を求めて熱くなってる。

このままではまた簡単に達してしまいそうで、根本の方を指で縛《いまし》める。不満を訴《うった》えるように、自分の分身がびくびく震えた。

「後ろ、やだ、と、れよ」

後ろを埋めていた指がゆっくりと抜けていく。そのことに安堵《あんど》しながらも、まだ手は離《はな》せない。先走りがぬらぬら零《こぼ》れるのを見ながら、出したいという欲求《よっきゅう》を堪《こら》える。

化野を見上げる。余裕《よゆう》のない顔で見下ろされ、目が合うと硬くなったものを擦り付けられた。

化野がまだスーツを着たままなのが悔《くや》しくなって、そのネクタイを引っ張る。

「一緒《いっしょ》にいきたい……も、早く脱げよ」

泣き声混じりの要求に、化野は言ったとおりにしてくれた。

俺は腕に蟠《わだかま》っている着物を脱ぐ余裕もなく、かきむしるように化野のシャツを脱がせた。早く早く早く。焦《あせ》るように化野の体《からだ》に触れる。

「欲しい」

はやく、と言いながら露《あら》わになる肌に口付けていく。

求める指先を搦《から》め捕《と》られ、深いキスをされる。タバコの苦みが混じる生々しい味に、頭がくらくらする。焦《じ》れて化野の熱くなったものに手を伸ばすと、窘《たしな》めるように指をとられる。

「今やるから」

笑い混じりに化野が言って、膝の裏を摑まれた。その状態で左右に開かれて、求める場所に深く硬い物が埋められていく。圧迫感《あっぱくかん》に、思わず喘《あえ》ぐように唇を開いた。

早く入れて欲しい。化野が俺の物だと早く実感したい。体の中に入れて、その存在を感じたいんだ。最後まで入れられて「痛い」と呻《うめ》くと、化野はしばらくは動かないでいてくれた。

そうしているうちに粘膜《ねんまく》がだんだんと馴染《なじ》んで、快感の記憶《きおく》を辿《たど》るようにざわめき始める。

「大丈夫《だいじょうぶ》か？」

熱の籠《こ》もった問いかけに頷《うなず》くと、ゆっくりと中に埋められたものが動く。

神経の裏を引っかかれるような快感を感じた。それだけで限界に達してしまいそうだ。

「宗介」

初めて名前を呼んでみた。化野の反応を見るのが恥ずかしくて、目を瞑《つぶ》って首に腕を回す。

ねっとりと耳を舐められて、体の奥が震える。

「いやらしい」

思わずそう口にすると「やらしいの好きだろ」といやらしい声で言われた。

「っ、違《ちが》う」

「嘘《うそ》つき」

深いところで小刻みに揺《ゆ》さぶられて、また指を嚙む。化野はそれを咎《とが》めるように、指の隙間から舌を入れてきた。歯の裏側を舐められてくすぐったくて変な気分になる。

「ん、宗介だから……」

指で胸の先をぐりっと押されながら、必死に息を整えて「宗介だから好き」と言った。

いやらしいのが好きなんじゃない。ただ普通《ふつう》に好きな人に触られんのが好きなだけ。

「若菜」

低い声で化野が俺の耳元で名前を呼ぶ。

「そんな可愛《かわい》いこと言われると、意地悪できないな」

「や、だ……、いく」

再び縛めようとした手を繋《つな》がれて、何も出来ずに化野を見つめた。

「あっ、あっ」

腰《こし》を打ち付けられるたびに声が漏れて、喉を見せながら達した。

吐き出したものが自分の腹を濡《ぬ》らすのを感じながら、詰《つ》めていた息を吐き出す。

頬を撫でる手に、半ば無意識に顔をすりよせながら、落ちてくるキスに目を閉じる。

「宗介も俺の中で……いって」

そう口にしながらゆるゆると腰を揺さぶった。

達したばかりで辛《つら》いけれど、それ以上に目の前の男に気持ちよくなって欲しい。

「ん……んんっ」

ゆっくりと、再び動かされて背中が震《ふる》えた。

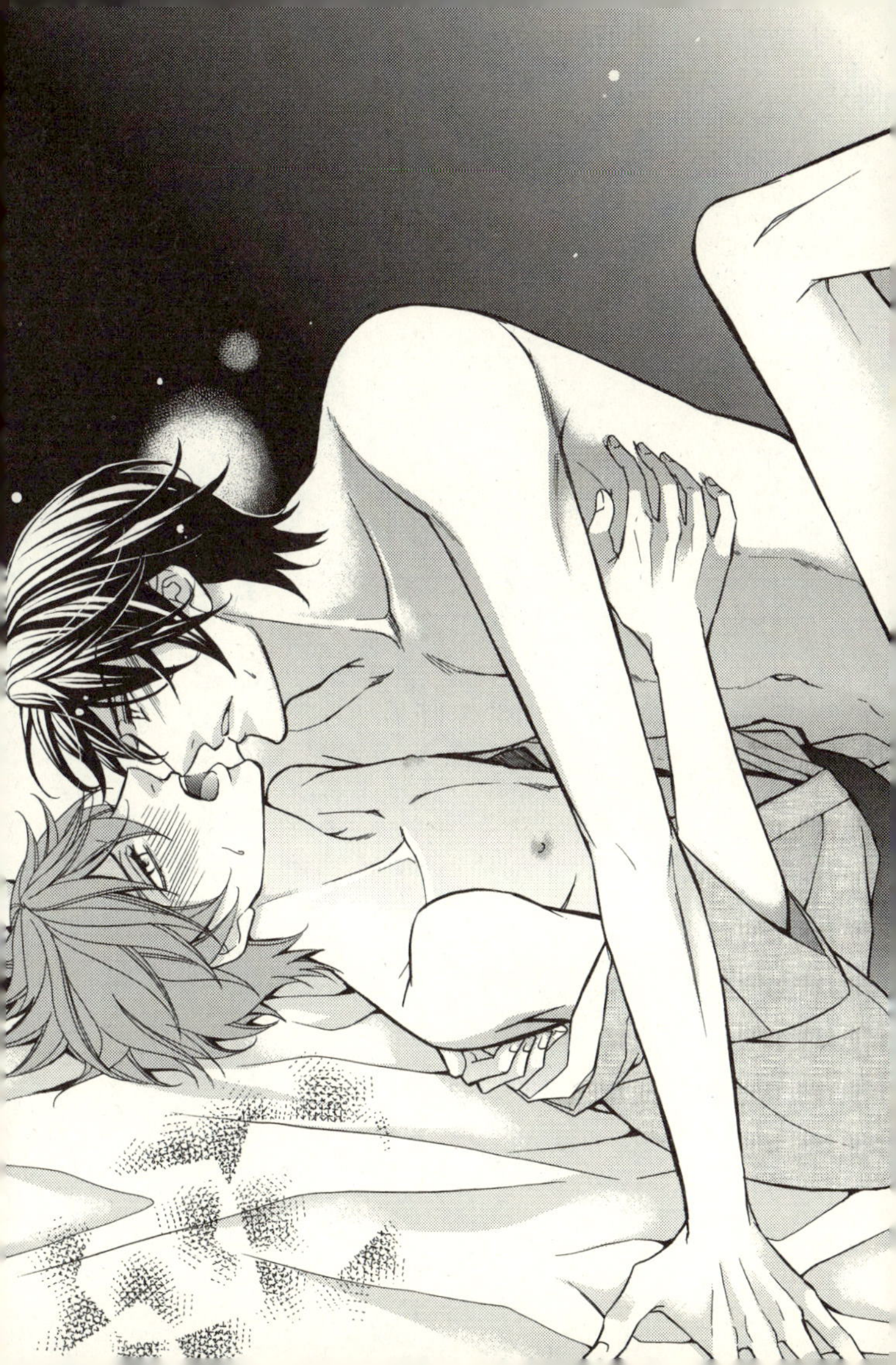

抜くときの方が、肌《はだ》がざわざわする。入れられるときの方が体温が増す気がする。

「っは、あっ」

耳に口付けられて「またいきそうなんだろ」と指摘《してき》される。

その声に腰が溶ける。「一緒がいい」と口にしたがうまく呂律《ろれつ》が回らなかった。

「宗介、宗介……っ」

やばいぐらいに気持ちがいい。腰どころか頭の中まで溶けそうになる。

「好き」

拙《つたな》い言葉を口にする俺に、化野が深いキスをした。その瞬間《しゅんかん》、奥の方まで注ぎ込まれる。

「んー……ぁ、あ……おかしくなる」

腹の底に届くのが解る。その放流を感じながら、俺は精一杯《せいいっぱい》化野に抱《だ》きついて射精する。

熱さにやられて、目眩《めまい》がした。


新学期が始まっても、サボり癖《ぐせ》はなくならなかった。

俺は頭悪いけど、この学校の中では成績は優秀《ゆうしゅう》な方だし、出席日数に足りる程度には顔を出しているから、特に文句を言う教師はいない。

問題を起こすよりも、どこかでさぼってくれていた方が良《い》いと考えているのだろう。

「ミヤ、すっきりした顔してるなぁ」

ジロはいつものように屋上の鉄柵《てつさく》に寄りかかりながら、自分がお土産《みやげ》で買ってきたマカダミアナッツ入りのチョコレート（きっと国内でも簡単に手に入る）を貪《むさぼ》り食ってる。

「そうか？　普通だろ」

俺の言葉にジロは「なんか前より余裕がある。初めて恋人《こいびと》が出来て、ちょっと大人になった女子高生と同じ匂《にお》いがする」と口にした。

「黙《だま》れ。お前はどうだったんだよ」

一ヶ月見なかっただけで、ジロはかなり陽《ひ》に焼けていた。一度八月に入る前に電話が来た。ヌイさんの体を心配してくれて、それから予定通りオーストラリアに行って来ると言っていた。

俺の質問に、ジロは携帯《けいたい》を差し出す。画面を見るとジロが一人きりで映っている。バックには電車のようなものが映っていた。

「一人じゃん」

「……自分に恋人が出来た途端《とたん》、友達の恋愛《れんあい》事情気にする奴《やつ》って感じ悪いぞ」

俺はまだ化野と付き合うことになったなんて、ジロに報告していない。

「なんで解るんだよ」

「雰囲気《ふんいき》で」

赤くなった顔を隠《かく》すように俯《うつむ》くと、遠くで終業のチャイムが鳴った。

「じゃあ俺、帰るわ」

「なんだよ、俺の旅行話聞かねぇの？　ウォークアバウトに強制参加させられた話とか、トムキャットから落ちてリアルにアリゲーターと闘《たたか》った話とか聞いてよ！」

「今度暇《ひま》な時にな。そんなに聞いて欲しいならあとで電話しろ」

そう言って真新しい携帯電話《けいたいでんわ》を見せると、ジロはさっそく俺の携帯に自分の番号を登録した。

「因《ちな》みに伺《うかが》いますが、アドに彼氏の名前や誕生日入れるとかアホなことしてないよな？」

「……なんでだよ」

「そりゃアド変えたときに知り合い全員に〝彼氏と別れました〟って告知することになるからだろ。アドに男の名前入れる女とか信じらんねぇよ。頑張《がんば》って聞き出したアドに、男の名前が入ってた時のガッカリ感は慰謝料《いしゃりょう》モノです」

「入れてねーよ」

ジロは自分の携帯に俺の番号を登録するときに、アドを見て口角を上げた。

にやにや笑う顔を見ながら、恥《は》ずかしくなってジロの手から自分の携帯を奪《うば》い返す。

「これ、なんていうの？　ババコンとマザコン？」

「黙れ」

「マザーマザーコンプレックス？　ダブルマザーコンプレックス？」

「本気で黙れよ。永遠の中二」

顔が熱くなって、伸《の》ばされてるジロの足を軽く蹴《け》る。屋上から出ようとしてドアノブに手を伸ばしたときに、ジロが「ミヤ」と呼んだ。振《ふ》り返るとフィルムケースが飛んで来る。

顔にぶつかりそうになって、慌《あわ》てて手で摑《つか》んだ。

「またこれかよ。……ビタミンか？」

「カルシウムかもね」

このネタまだ引っ張るつもりだったのかよ、と思いながらフィルムケースをジロに投げ返す。

今のところ化野にはばれていないが、こんなものを持っていたらいつばれるか解らない。

「仮に本物だったとしても、もう必要ねーよ」

言ってから恥ずかしくなった。からかわれるのが嫌《いや》だから、足早に屋上を出る。

家に帰ってから店の仕事を手伝って、常連客と軽口を交《か》わした。いつものようにヌイさんと二人で夕飯を済ませてから、俺は化野に会いに行く。

夏はまだ終わる気配がないぐらい、毎日蒸《む》し暑くて歩いているだけで汗《あせ》ばむ。

空に青紫《あおむらさき》の夜が落ちる。ふわふわの雲が空の色を滲《にじ》ませて、作り物みたいに綺麗《きれい》だった。

化野と待ち合わせしている場所に少し早く着いて、携帯電話を開く。

買ったばかりのアドレスに登録してある番号は数件。バイト関係以外ではジロと化野、それから親父《おやじ》の番号だ。

許したわけじゃないし、ましてや今更《いまさら》父親だとも思えないが、それでもあの人がヌイさんを心配する気持ちは買ってやってもいい。だからこの携帯電話の片隅《かたすみ》にその存在を入れて置いてやる。毎日持ち歩く物に、あの男の名前が入っているのは少し複雑だけど、少しずつ色んな事を受け入れることで、見える物もある気がした。

「まだかける気にはならないけどな」

そう呟《つぶや》いて仕舞《しま》おうとした携帯電話が鳴り出す。化野からだった。

「仕事終わったのか？」

『ああ』

「今どこ？」

『真後ろ』

その言葉に振り返ると、見慣れた車が近づいてくるのが目に入る。

乗り込むと、化野はすぐに車を出した。

けれど信号に捕《つか》まって交差点で一番前に車が停《と》まる。歩行者がぞろぞろと目の前を通り過ぎていく。スーツと私服が半々に混じっている。金曜の夜だ。これから楽しい週末が待っているせいか、浮《う》かれた顔をした奴等《やつら》が多い。もっとも、俺も恐《おそ》らくそこに含《ふく》まれる一人だ。

「今日は何時までに帰せばいいんだ？」

化野が俺と同じように通行人を眺《なが》めながら口にする。綺麗な女が駅の方から歩いてきた。自然と化野の目がその子を追って右から左に動く。横に恋人がいる状態で良《い》い度胸だ。

「……俺、今日ヌイさんに泊《と》まるって言ってきたから」

腹が立ったから、無意識に強い口調になった。

「いいけど、若菜はネクタイの結び方知ってるのか？」

「……パクんなよ」

化野はにやにや笑っている。

悔《くや》しかったから、人前だってのにネクタイを引っ張って、その唇《くちびる》を自分のそれで塞《ふさ》ぐ。フロントガラスの向こうには何十人もの通行人が行き来している。こちらに視線を向ければ、否応《いやおう》なしに高校生とキスしている男の姿を目撃《もくげき》するはずだ。

少しぐらい焦《あせ》ればいい、そう思ったのに唇の隙間《すきま》からぬるりと舌が入り込んで、俺が慌てるはめになった。

「っ」

すぐに引き離《はな》されると思ったのに、ゆっくりと背中に腕《うで》が回る。

「積極的で助かる。なんならここでするか？」

「ふざけんな……！」

シャツのボタンに指が掛かって、それとなく足の付け根をいやらしく撫《な》でられた。

焦ってシャツを押さえて化野の手首を摑むと、必死な俺が面白《おもしろ》かったのか化野が声をあげて笑い、俺から手を離す。放《ほう》り出されたような気がして、顔を上げたら目が合った。

「して欲しかったのか?」

男臭《おとこくさ》い笑《え》みを浮かべた口元を見て、思わず顔が赤くなる。

「ちが……っ」

信号が変わって車が動き出す。

「家に着くまで我慢《がまん》できないなら、一人でしててもいいけど」

からかうように言って、悪戯《いたずら》に膝《ひざ》に触《ふ》れてくる。焦《あせ》らせてやろうという俺の魂胆《こんたん》を見抜《みぬ》いていたくせに、それに気付かないふりでわざと言っているんだ。

こいつ、本当にむかつく。

このまま大人しくしているのは嫌だったから、次の信号で停まったらさっきより凄《すご》いキスを仕掛けようと思った。

この意地悪で愛《いと》しい男を永遠に独り占《じ》めできるように。

あとがき

こんにちは、成宮ゆりです。この度《たび》は拙作《せっさく》を手にとって頂き、ありがとうございます。

思わず目を奪《うば》われるようなイラストを描《えが》いてくださったのは藤河るり先生です。洗練された魅力溢《みりょくあふ》れる化野が格好良いです。スーツ姿も浴衣《ゆかた》姿もどちらも素敵《すてき》でした。若菜も可愛《かわい》く、かつ高校生とは思えない色気が紙面から滲《にじ》み出ています。お忙《いそが》しい中、惹《ひ》き込まれるようなイラストをありがとうございました。

そして担当様、いつもキャッチーなタイトルを考えて頂き、ありがとうございます。

最後になりましたが、読者の皆様《みなさま》。今作は如何《いかが》でしたでしょうか。少しでも楽しんで頂けたら幸いです。お葉書やお手紙をいつも本当にありがとうございます。心のミネラルです。

それでは、また皆様にお会い出来ることを祈《いの》って。

平成二十二年六月

成宮ゆり

意地悪《いじわる》く愛《あい》してよ
成宮《なりみや》ゆり

KADOKAWA RUBY BUNKO

角川ルビー文庫 R110-13　16386

平成22年8月1日　初版発行

発行者——井上伸一郎
発行所——株式会社角川書店
東京都千代田区富士見2-13-3
電話/編集(03)3238-8697
〒102-8078
発売元——株式会社角川グループパブリッシング
東京都千代田区富士見2-13-3
電話/営業(03)3238-8521
〒102-8177
http://www.kadokawa.co.jp
印刷所——旭印刷　製本所——BBC
装幀者——鈴木洋介

本書の無断複写・複製・転載を禁じます。
落丁・乱丁本は角川グループ受注センター読者係にお送りください。
送料は小社負担でお取り替えいたします。

ISBN978-4-04-452013-7　C0193　定価はカバーに明記してあります。

©Yuri NARIMIYA 2010　Printed in Japan